緒言

新羅《しらぎ》の城砦《じょうさい》に立って日本へ向《むか》い領巾《ひれ》を振った烈婦の歌から、明治の大君《おおきみ》の御《み》あと慕いて自刃した軍神の辞世まで、忠君愛国の短歌二百首を選び、仮りに「愛国百人一首」と名づく。日本精神の言葉の花は、その背景なる歴史的事件と相まって、一巻の絵巻の如く繰《く》り展《ひろ》げられるであろう。ただし、絢爛優美なる絵巻ではなく、血沸き肉躍る場面を、しばしばあらわす。万葉歌人群の荘厳なる君国頌歌《くんこくしょうか》に始まり、やがて承久役・蒙古来・吉野朝の義戦・豊公征韓役・皇典学者群の日本意識・幕末志士の尊攘・皇政復古・日清戦争・日露戦役と展開して終る。日本歴史の一冊を座右に置きながら、この「百人一首」を読んでいただきたい。

一　大葉子（おおはこ）

韓国《からくに》の城《き》の上《へ》に立《た》ちて大葉子《おほはこ》は領巾《ひれ》振《ふ》らすも日本《やまと》へ向《む》きて

日本書紀巻第十九に出《い》ず。欽明天皇の二十三年、新羅《しらぎ》の真興王は任那《みまな》に攻め入り官家《みやけ》を滅したので、わが国より大将軍紀男麻呂《きのおまろ》を遣し救援したが、回復できなかった。わが将調吉士伊企儺《つきのきしいきな》は捕えられ、「新羅王わが臀肉《しり》をくらえ」と叫んで殺された。その妻大葉子《おおはこ》も虜《とりこ》になったが、おなじく毅然として屈せず、「韓国《からくに》の城《き》の上《へ》に立ちて」と高く歌い挙げた。敵兵に囲まれ、眼前で夫を殺されながら、故国に向って領巾《ひれ》を振ったのは、まことに日本婦人たるに恥じない。領巾は古代の婦人が頸《くび》から肩へ掛けて、左右の前に垂らした白帛《しらぎぬ》。「領巾振らする」という言葉使いは敬語の如く見えるけれども、古代は自分のことにもかように言うことがあったので、「領巾振るも」と同義である。〇この歌をば、当時傍観せし日本将士の作と解する説もあるけれども、大日本史その他の史書の多くは大葉子の作と解している。

二　柿本人麻呂（かきのもとのひとまろ）

大君《おほきみ》は神《かみ》にしませば天雲《あまぐも》の雷《いかづち》の上《うへ》に盧《いほり》せるかも

人麻呂《ひとまろ》以下今奉部与曾布《いままつりべのよそふ》に至る十二人の歌は、いずれも万葉集に出ている。人麻呂はわが国の最大歌人なるも伝記不明。持統・文武両帝の御代《みよ》に仕官し、文武天皇四年以後に大和国《やまとのくに》を去り、元明天皇和銅三年までの間の某年某月、石《いわ》見国《みのくに》にて死去す。この荘重なる一首は、持統天皇大和国雷 岳《いかずちのおか》（現に高市郡飛鳥村字雷にあり）に御遊《ぎょゆう》の時、人麻呂が詠んだものと万葉集の詞書《ことばがき》にある。わが大君《おおきみ》は現御神《あきつみかみ》にましますゆえ、天雲に雷電鳴りはためくという神々しく厳《いかめ》しい名の雷岳の上に、かように御遊し給い、剰《あまつさ》えその山上に廬《いおり》（かりの宮い、行在《あんざい》所《しょ》）を御作りなされる、の意。雷岳は疣《いぼ》の如き小山であるが、歌聖人麻呂の空想に触れると、たちまち荘厳なる山岳と化す。

三　小野老（おののおゆ）

青丹《あをに》よし奈良《なら》の京《みやこ》は咲《さ》く花《はな》の匂《にほ》ふが如《ごと》く今《いま》さかりなり

老《おゆ》は、元正・聖武両帝の御宇《ぎよう》の人。天平九年六月、大宰大弐《だざいのだいに》従四位下にて卒す。国を愛する感情は、やがて国の中心なる帝都を礼讃するあこがれとなる。当年の寧楽京《ならのみやこ》はどんな大聚落であったろう。宮殿官衙参差《しんさ》として丹碧《たんぺき》の瓦光り、市坊整然として街路樹を植え並べ、ことに伽藍仏閣の壮観比なく、五十余基の高塔が天を摩《ま》していた。まことに、爛漫《らんまん》の花の如く「今盛り」であった。

四　笠金村（かさのかなむら）

もののふの臣《おみ》の壮士《をとこ》は大君《おほきみ》の任《まけ》のまにまに聞《き》くといふものぞ

金村《かなむら》も、元正・聖武両帝の御代《みよ》の人、伝不明。武門の臣《おみ》のますらお、おどもは、大君《おおきみ》の勅にこれ聞き、御委任のままに、仰せのままに、逡巡せずして随い奉るべきものなるぞ。○石上乙麻呂《いそのかみのおとまろ》が越前の国守として赴任した時に、金村はこれを激励してかように歌ったのである。

五　大伴旅人（おおとものたびと）

八隅知《やすみしし》わが大君《おほきみ》の御食国《みけつくに》は大和《やまと》もここも同《おな》じとぞ思《おも》ふ

旅人《たびと》は大納言・征隼人持節大将軍・大宰帥《だざいのそち》などに歴任し、天平三年薨《こう》ず、年六十七。万葉集主要歌人の一人。右一首は大宰府にての作である。大宰少弐石川足人《いしかわのたりひと》という人が、旅人に向って、「奈良の都が恋しくはありませんか。佐保山の御本邸が恋しくはありませんか」と問うたので、それに答えた歌である。「わが大君《おおきみ》のしろしめす国は、いずことて変りない。私にとって、故郷の大和《やまと》であろうと、任地の筑前であろうと、全く同じことだ」普天《ふてん》の下《もと》、卒土《そっと》の浜《ひん》、いずこか王地にあらざらん。いわんや、九州鎮護の大任を負うている自分が、故郷に恋々《れんれん》として相すむものかと、大弐《だいに》（大宰府の次官）を叱りつけ、戒めた心持もあるらしい。

六　高橋虫麻呂（たかはしのむしまろ）

千万《ちよろづ》の軍《いくさ》なりとも言挙《ことあ》げせずとりて来《き》ぬべきをのことぞ思《おも》ふ

虫麻呂《むしまろ》は、聖武天皇の御代《みよ》の人、伝不明。天平四年八月藤原宇合《ふじわらのうまかい》が西海道節度使として筑紫に遣《つかわ》される時、送別の歌である。「たとい千万人の軍兵《ぐんぴょう》なりとも、かれこれ言わず、言わせもせず、たちどころに拉《と》りひしいで来るに相違ない大丈夫と卿《けい》を信じますぞ。君国《くんこく》のためしっかりやって来て下さい」の意。宇合は虫麻呂が信頼した通りの大丈夫であった。先に神亀元年陸奥《みちのく》の蝦夷《えみし》が叛いた時にも、持節大将軍となって、見事にこれを平らげたのであった。

七　海犬養岡麻呂（あまのいぬかいのおかまろ）

み民《たみ》われ生《い》けるしるしあり天地《あめつち》の栄《さか》ゆる時《とき》にあへらく思《おも》へば

岡麻呂《おかまろ》も、聖武天皇の御宇《ぎよう》の人とのみで、伝不明。これは天平六年詔《みことのり》に応じて奉った歌である。聖代に生まれあわした喜びを、おおらかに、荘重に歌い挙げたもので、作者自身の心持とともに、億兆の民のそれをも代弁して申し上げたといってよい。（昭和聖代の我らの心持さえもこの一首に籠《こ》められている）天平六年といえば、天皇御即位からちょうど十箇年を経過したところであり、この十箇年の間には、蝦夷《えみし》征伐・多賀城設置・新羅《しらぎ》王および渤海郡《ぼっかいぐん》王の使者入貢・僧行基《ぎょうき》の土木・金光明経の諸国頒布・光明子立后・東山東海山陰西海節度使の派遣等々、歴史的事件が連続した。まさしく「天地《あめつち》の栄ゆる時」であった。

八　雪宅麻呂（ゆきのやかまろ）

大君《おほきみ》のみことかしこみ大船《おほふね》の行《ゆ》きのまにまに宿《やど》りするかも

宅麻呂《やかまろ》の伝は不明だが、万葉集によれば、天平八年新羅国《しらぎのくに》へ遣《つかわ》された数多《あまた》の使臣中の一人らしい。途中、壱岐島《いきのしま》で急病に殪《たお》れた、哀れな人である。しかも、右一首の詞書《ことばがき》を読むと、「内海航行中、佐婆《さば》の海といふ所で逆風にあひ、辛うじて豊前国分間《わけま》の浦《うら》といふ所に到着し、艱難《かんなん》を追憶して、悽然としてこの歌を詠ず」という次第だ。大君《おおきみ》の勅《ちょく》なれば、畏《かしこ》み従いて、新羅の国までも使《つかい》せんと、船の航《ゆ》きのまにまに任せ、いかなる荒き浜べにも、さびしい港にも、碇泊して夢を結ぶ。雨にあい風にあうも、うしろへ船を向けることでない。ひたすら目的地に向って波浪を凌《しの》ぐ。

九　橘諸兄（たちばなのもろえ）

ふる雪《ゆき》の白髪《しろかみ》までに大君《おほきみ》に仕《つか》へまつればたふとくもあるか

諸兄《もろえ》は美努王《みぬのおおきみ》の御子《みこ》で、初名を葛城王《かつらぎのおおきみ》と言ったが、天平八年十一月臣籍に下り、姓を「橘《たちばな》」と賜った。左大臣に進み、正一位を授けられ、天平宝字元年正月薨《こう》ず、年七十四。天平十八年正月、大いに雪降る。左大臣諸兄は大納言豊成《とよなり》その他の諸王諸臣を率いて太上天皇（元正天皇）の御所に伺候《しこう》すると、「汝ら諸王卿ら、いささかこの雪を賦《ふ》し、各々その謌《うた》を奏せよ」と勅があった。数人応詔歌を奉った中に、諸兄の一首が最もすぐれていた。諸兄、時に六十三歳。

一〇　大伴家持（おおとものやかもち）

敷島《しきしま》の日本《やまと》の国《くに》にあきらけき名《な》に負《お》ふ伴《とも》の緒《を》こころつとめよ

家持《やかもち》は旅人《たびと》の子、諸国の国司・東宮大夫・持節征東将軍等に歴任し、延暦四年八月薨《こう》ず、年約七十。万葉集編者に擬せらる。家持に「喩レ族歌」という有名な長歌あり、「敷島の」はその反歌である。一族なる出雲守大伴古慈斐《おおとものこしび》宿禰《すくね》が淡海真人三船《おうみのまひとみふね》の讒言《ざんげん》により解任せられた時、家持は激励してこの長歌および反歌を作った。大伴氏は天孫降臨以来の名族で、天忍日命《あめのおしひのみこと》を祖とする。代々武門の統領で、久米部《くめべ》をも管掌するに至った。家持は、長歌において、この名誉ある家の歴史を説き聞かせて、祖先の名を辱しむるなかれと戒め、さて反歌において、その意を簡潔に結んだのである。

二　丈部造人麻呂（はせつかべのみやつこひとまろ）

大君《おほきみ》のみことかしこみ磯《いそ》に触《ふ》り海原《うのはら》わたる父母《ちちはは》をおきて

この歌以下三首は防人《さきもり》の歌である。「さきもり」は埼守、または境守の意で、天智天皇の三年、筑紫・壱岐・対馬などに配置したのが最初である。多くは相模・武蔵・常陸・上総・下総・上野・下野・信濃など東国の壮丁《そうてい》を召して防人とした。◯大君《おおきみ》の詔《みことのり》なれば畏《かしこ》み承りて、船を荒磯に触れつつ大海原《おおうなばら》を渡り、東国からはるばる九州まで、防人の役目を果しに参ることよ、父母を故郷に残しおきて。

三　大舎人部千文（おおとねりべのちぶみ）

霰《あられ》降《ふ》り鹿島《かしま》の神《かみ》を祈《いの》りつつ皇御軍《すめらみくさ》にわれは来《き》にしを

作者千文《ちぶみ》は常陸国那賀《なか》郡の壮丁《そうてい》であった。それで、防人《さきもり》に召されると、直ちに鹿島の宮に詣で、軍神武甕槌命《たけみかづちのみこと》に武運長久を祈り、そうして九州へ出征した。「霰《あられ》ふり」は霰の音がかしましいところから「鹿島」へ懸けた枕詞《まくらことば》で、景色ではない。

一三　今奉部与曾布（いままつりべのよそふ）

今日《けふ》よりはかへりみなくて大君《おほきみ》の醜《しこ》の御楯《みたて》と出《い》で立《た》つわれは

作者与曾布《よそふ》は下野国の壮丁《そうてい》であった。防人《さきもり》に召された今日からは、自分の事や家の事に「後顧《かえりみ》」することなく、真っすぐに、専念に、わが大君《おおきみ》の賤しき兵士として出発する、この我はよ。「醜《しこ》の御楯《みたて》」とはじつに含蓄深い言葉である。「醜」とは東国の一壮丁に過ぎぬ自身を卑しめて言ったのだ。「御楯」とは、これに反して、君の御前に、矢面に立つ楯の如く堅固な護りという、信念の強い言葉である。「身は賤《しず》の男《お》ながら、護国の一人なるぞ」という意味に相違ない。無名の田夫野人《でんぷやじん》ながら、境涯と信念とによって、この不朽の歌を詠み得たのである。

一四　文屋康秀（ふんやのやすひで）

草深《くさふか》き霞《かすみ》の谷《たに》に影《かげ》かくし照《て》る日《ひ》の暮《く》れし今日《けふ》にやはあらぬ

康秀《やすひで》は貞観・元慶のころ仕官せしも、伝不明。六歌仙の一人。この歌、古今集に、「深草のみかどの御国忌の日よめる」と詞書《ことばがき》あり。深草帝とは、仁明天皇の御事《おんこと》で、山城国深草の陵に葬り奉ったゆえかく申す。天皇は嘉祥三年三月二十一日崩御。折しも春霞立ちこめて曇りがちなる深草山の谷かげに、天日《てんじつ》にわかに隠れ沈み給いし今日ではないかと、慟哭《どうこく》したのである。

一五　在原業平（ありわらのなりひら）

忘《わす》れては夢《ゆめ》かとぞ思《おも》ふ思《おも》ひきや雪踏《ゆきふ》みわけて君《きみ》を見《み》むとは

業平《なりひら》は、清和・陽成両帝御宇《ぎよう》の人、阿保《あぼ》親王の第五子なるも臣籍に下る。元慶四年五月卒す、年五十六。六歌仙の一人。この歌、古今集に出《い》で、「惟喬《これたか》の親王《みこ》の許《もと》にまかり通ひけるを、かしらおろして小野といふ所に侍《はべ》りけるに、正月にとぶらはむとてまかりたりけるに、比叡《ひえい》の山の麓《ふもと》なりければ雪いと深かりけり。しひて彼のむろにまかり到りて拝みけるに、いと物悲しくて、帰りまうで来て、よみて送りける」と詞書《ことばがき》あり。惟喬親王は、文徳天皇の第一皇子、御父帝は親王を寵愛せられ、皇儲《こうちよ》に立てんと思し召されたが、藤原良房《ふじわらのよしふさ》を憚って、果し給わず。親王は洛北小野の山里に隠棲し、薙髪《ちはつ》あそばされた。業平深く御同情申し上げ、しばしば伺候《しこう》したが、右一首は雪中御見舞いした時の感懐である。惻々《そくそく》として人を動かす哀調。

一六　菅原道真（すがわらのみちざね）

海《うみ》ならずたたへる水《みづ》の底《そこ》までも清《きよ》きこころは月《つき》ぞ照《て》らさむ

道真《みちざね》のことは説くまでもない。この歌、新古今集に出《い》で、大宰府の配所にて詠んだものと推定される。「わが心は大海ではない。けれども、満ちたたえたる水の底までも澄めるが如く、いささかも濁らず、清きこのわが心は、海ならずとも月光が照らすであろう」罪過なくして僻遠に流され、しかも朝廷を怨み奉ることなく、虔《つつ》ましくしている微臣をば、日月《じつげつ》も照覧し給うならん。菅公はそう信じたのであった。

一七　大中臣輔親（おおなかとみのすけちか）

祖父《おほぢ》父《ち》うまご輔親《すけちか》三代《みよ》までに戴《いただ》きまつるすべらおほん神《かみ》

輔親《すけちか》は和気清麿《わけのきよまろ》の裔《すえ》、代々祭祀を司る。この歌、後拾遺集に出《い》ず。「祖父の頼基《よりもと》、その子に当りまする能宣《よしのぶ》、孫に当りまする拙者輔親と、三代までも相続きまして、戴き奉り、お仕え申し上げました、現御神《あきつみかみ》の今上陛下にておわしまする」の意。今上とは、後一条天皇の御事《おんこと》。「輔親」と作者自身の名を詠み入れたのは「憶良《おくら》らは」と詠んだ万葉集の一首に似て面白い。歌全体も平安朝にめずらしく率直である。父子三代つづいて奉仕したありがたさが、なんの虚色もなく、そうして荘重に表わされている。

一八　源経信（みなもとのつねのぶ）

君《きみ》が代《よ》はつきじとぞ思《おも》ふ神風《かみかぜ》や御裳濯河《みもすそがは》の澄《す》まむかぎりは

経信《つねのぶ》は、後一条天皇以降六朝に歴仕した歌人。大納言大宰帥《だざいのそち》として、承徳元年正月かの地に薨《こう》ず、年八十二。この歌、後拾遺集に「承暦二年内裏《だいり》歌合せに詠み侍《はべ》りける」と詞書《ことばがき》あり。伊勢神宮の聖域を流れる御裳濯川《みもすそがわ》（五十鈴川《いすずがわ》ともいう）は水晶を溶かした如く清澄《せいちょう》で、濁ることを知らない。無限の時に向って澄みつつ流れる。わが大君《おおきみ》の御代《みよ》もその如く無限にまします。〇一首、河水の流れる如く滑かで、しかも調《しらべ》は高い。平安朝は概して文弱で頽廃的で、忠君愛国の歌は容易に見当らない。ただ、古今集以降の勅選集に「賀歌」の部あり、その中に時として、わが大君、わが国家を讃えた佳作を見出す。経信作はその一例。平安朝時代にも、地方には絶えず動乱があった。また、外患としては、文永・弘安の蒙古来に比すべき刀伊《とい》の入寇さえあった。刀伊《とい》の侵入を撃退した大宰帥藤原隆家《ふじわらのたかいえ》が戦争の歌を遺してくれなかったことは、相模太郎時宗《ときむね》に歌なかりしと同様に、「愛国百人一首」にとって極めて寂寞であり、無類の損失でもある。

一九　高倉一宮紀伊（たかくらいちのみやのきい）

何事《なにごと》につけてか君《きみ》を祈《いの》らまし八百万代《やほよろづよ》もかぎりありけり

堀河百首に出《い》ず。作者紀伊《きい》の伝は不明。いかなる事物を例にとってわが大君《おおきみ》の無窮を祈願し奉ったらばいいでしょうか。さような事物はこの世に見当りません。「八百万代《やおよろずよ》までも」と申し上げてみても、それも有限の数字であり、聖寿や国家の無際限のたとえにはなりませんものを。

二〇　源通親（みなもとのみちちか）

朝《あさ》ごとにみぎはの氷《こほり》ふみわけて君《きみ》に仕《つか》ふる道《みち》ぞかしこき

通親《みちちか》、家は久我《くが》氏、鎌倉初期の京方政治家の雄にして、後鳥羽院に仕え、内大臣となる。この歌、新古今集に出《い》ず。厳冬の朝早く出仕する恪勤《かくごん》ぶりが歌われている。通親は「腹黒い政治家」と歴史家に批評されているが、「その人によって、その言《げん》を捨てず」という格言に従い、私は彼の一首を採った。

三　藤原良経（ふじわらのよしつね）

わが国《くに》は天照《あまて》る神《かみ》のすゑなれば日《ひ》の本《もと》としも言《い》ふにぞありける

良経《よしつね》は九条関白兼実《かねざね》の子、後鳥羽院に仕えて摂政太政大臣となる。建永元年三月七日にわかに薨《こう》ず、年三十八。暗殺と伝うるも、歴史家に異説あり。歌人としてすぐれ、家集を月清集《げっせいしゅう》という。この歌、玉葉集に出《い》ず。

三　源実朝（みなもとのさねとも）

山《やま》は裂《さ》け海《うみ》はあせなむ世《よ》なりとも君《きみ》に二心《ふたごころ》吾《わ》があらめやも

実朝《さねとも》は頼朝《よりとも》の第二子。兄頼家《よりいえ》を継ぎ征夷大将軍となる。承久元年正月二十七日鶴岡《つるがおか》拝賀式の夜暗殺せらる、年二十八。家集を金槐集《きんかいしゅう》という。このすこぶる人口に膾炙《かいしゃ》した歌は、太上天皇（後鳥羽院）に奉ったもので、建暦三年、実朝二十二歳の作と私は考証する。詳しくは厚生閣刊小著『源実朝』に書いておいた。万葉集の旋頭歌《せどうか》「いさなとり海や死にする山や死にする死ねこそ海は潮《しお》干《ひ》て山は枯れすれ」に拠ったと思われるが、愚考するに、実朝の目撃した事実にも拠っているのであろう。富士山はその頃なお熾《さか》んに活動し、三浦半島には地震が頻繁であった。この歌の詠まれた時よりも少々後のことであるが、江ノ島の海岸隆起し、「大海忽《たちま》チ変ジテ道路トナル」と吾妻鏡《あずまかがみ》に記してある。結句「われあらめやも」と訓《よ》む方がよしと、斎藤茂吉《さいとうもきち》氏は述べている。

三三　鏡月房（きょうげつぼう）

勅《ちょく》なれば身《み》をば寄《よ》せてきもののふの八十宇治川《やそうぢがは》の瀬《せ》には立《た》たねど

後鳥羽院が北条《ほうじょう》討滅を企て給うた承久役は、御失敗にこそ終ったが、建武中興の範を成すものとして、歴史上の意義極めて深い。この動乱に関する歌二首を抜く。○承久記によれば、承久三年六月十四日宇治川の戦《いくさ》に官軍まったく敗れて、殺戮生擒《さつりくせいきん》せられた者夥《おびただ》しい。その中に、清水寺《きよみずでら》の法師鏡月房《きょうげつぼう》もいた。首斬られんとする時「しばらく待ちたまえ」と言って、右一首を差し出したところ、北条泰時《やすとき》感服して、命を助けてやったという。「勅命なれば、とこう申すこともなく、一身を無きものにして馳せ参じた。元来われは僧侶で、武士の氏族ではないのだけれども」の意。「もののふの八十宇治川《やそうぢがは》」という詞は柿本《かきのもとの》人麻呂《ひとまろ》の歌に拠る。一つには、戦場が宇治川であったゆえ、その縁《ゆかり》にも因《よ》る。

二四　藤原家隆（ふじわらのいえたか）

何《なに》か残《のこ》る君《きみ》が恵《めぐみ》の絶《た》えしより谷《たに》の古木《ふるき》の朽《く》ちも果《は》てなで

定家《ていか》と並称される大歌人。嘉禎三年薨《こう》ず、年八十。家集を壬二集《みにしゆう》という。家隆《いえたか》は忠誠の人であった。後鳥羽院隠岐《おき》に潜幸し給うてのちも、しばしば京都から消息や和歌を差し上げて、御慰め申し上げた。右一首は、承久役直後の述懐。「何ゆえに我は生き残っているのであろう。院の雨露の御恵も絶えたる以来、谷間の老木の如く、さびしく、たよりなく、さりとていっそのこと枯死もせずに」

二五　大納言経任（だいなごんつねとう）

勅《ちよく》をして祈《いの》るしるしの神風《かみかぜ》によせ来《く》る浪《なみ》ぞかつ砕《くだ》けける

増鏡《ますかがみ》第十二「老《おい》のなみ」の章に出《い》ず。作者経任《つねとう》は大納言とのみあって、伝不明。弘安四年元寇役の時、経任は伊勢の勅使として下向したが、使命を果して帰洛の道に、蒙古兵船全滅の報を知った。そこで右の一首。「勅をして」は「勅使を遣《つかわ》して」の意。元寇当時の歌をさらに二首挙げよう。

二六　中臣祐春（なかとみのすけはる）

西《にし》の海《うみ》よせ来《く》る浪《なみ》もこころせよ神《かみ》のまもれる大和島根《やまとしまね》ぞ

祐春《すけはる》は春日若宮《かすがわかみや》の神主であった。蒙古来の噂を耳にして、「西海に寄せ来る浪よ、気をつけろ。神明の加護し給う日本国《やまとのくに》なるぞ。寄せて砕けるのみだ。後悔すな」と西夷蒙古勢を叱りつけたのである。その通り、寄せ来る浪は神風に砕け散ってしまった。

二七　宏覚禅師（こうかくぜんじ）

末《すゑ》の世《よ》の末《すゑ》の末《すゑ》まで我《わ》が国《くに》はよろづの国《くに》にすぐれたる国《くに》

宏覚《こうかく》は京都西賀茂の正伝寺《しょうでんじ》の住職であった。最初元《げん》の使者が来朝した文永の時、朝廷には返書を遣《つかわ》そうという意見もあって、菅原長成《すがわらのながなり》に草案を書かしめられた。その噂が漏れると、国辱として激昂する人々も沢山あった。就中《なかんずく》、宏覚禅師は悲憤して蒙古降伏の祈禱《きとう》を行い、「重ネテ乞フ、神道、雲トナリ風ト成リ、雷《いかづち》ト成リ、国敵ヲ摧破《さいは》シ、天下泰平、諸人《もろひとけ》快楽《らく》ナラシメン」云々と書いた願文《がんもん》の最尾に「末の世の」の一首を記したのであった。わが国は国体無比、万邦《ばんぽう》にすぐれたることを、熱血をもって歌ったのである。願文の通りに神明「風ト成」って「国敵ヲ摧破」したのは、宏覚の至誠天に通じたと言って差し支えあるまい。

六　藤原俊基（ふじわらのとしもと）

いにしへもかかる例《ためし》をきく川《かは》のおなじ流《なが》れに身《み》をや沈《しづ》めむ

時代は吉野朝に移る。元弘・建武から興国・正平を経て天授・元中にわたる約六十年の歴史ほど悲壮なものはない。忠臣義士が輩出した。当時の和歌については第一書房刊小著『吉野朝の悲歌』三部作に詳述したが、ここにはその中の一部分十六人だけを挙げる。○俊基《としもと》の家は日野《ひの》氏、世々《せぜ》儒を業《なりわい》とした。彼は、後醍醐天皇の御信任ことに厚く、有名な「無礼講《ぶれいこう》」を催して北条討伐の密謀をめぐらしたことなど、太平記に詳記されている。ついに捕えられ、元弘二年六月鎌倉葛原岡《くずはらおか》で斬られた。明治十七年二月従三位を追贈せらる。○太平記巻第二「落花の雪に踏み迷ふ交野《かたの》の春の桜狩」云々と書き出した美文の中に右一首が挿入してある。俊基は鎌倉へ檻送される途中、遠州菊川の駅舎の柱にこの歌を書き留めた。「いにしへもかかる例《ためし》」というのは、後鳥羽院が北条《ほうじょう》退治を企て給うた承久役の時、参画に与《あずか》った中御門《なかみかど》宗行《むねゆき》が捕えられて下向の途次、おなじく菊川駅の宿の柱に「昔南陽県菊水」云々の詞を書き遺した、そのことを指すのである。第三句「きく川の」は「菊川」に「聞く」を懸けた詞。「おなじ流れに」云々は、同様の運命に自分の身も委《ゆだ》ねよう、の意。君国《くんこく》のため一身を犠牲にすることは、昔も今も変りないという信念が歌われている。

二九　源具行（みなもとのともゆき）

帰《かへ》るべき道《みち》しなければこれやこの行《ゆ》くをかぎりの逢坂《あふさか》の関《せき》

具行《ともゆき》の家は村上源氏系統の北畠《きたばたけ》氏。元弘乱の時、具行は車駕に従い笠置《かさぎ》に赴いたが、笠置陥落してのち捕えられ、元弘二年六月鎌倉へ護送される途中、近江国柏原《かしわばら》で斬られた。年四十三。大正四年十一月正二位を追贈せらる。〇この歌は増鏡・太平記・新葉集に出《い》ず。護送されながら逢坂《おうさか》の関《せき》を越える時、すでに死を覚悟して、かように述懐したのである。むかし蝉丸《せみまる》は「これやこの行くも帰るも別れては知るも知らぬも逢坂の関」と詠んで、行旅の人々がこの関所で逢ったり別れたりすることを言ったのであるが、ただいまの自分は、一度《ひとたび》この関所を通って行き別れたならば、ふたたび帰って来ることはない、「行くをかぎり」のわが旅であるわい。かように具行は、悲しくも、また、さっぱりと諦めたのであった。

三〇　花山院師賢（かざんいんもろかた）

思《おも》ひかね入《い》りにし山《やま》をたち出《い》でて迷《まよ》ふ憂世《うきよ》もただ君《きみ》のため

花山院《かざんいん》家は藤原《ふじわら》氏。元弘乱に天皇笠置《かさぎ》潜幸の時、師賢《もろかた》は賊を欺くため、袞龍《こんりょう》の御衣《ぎょい》を賜わり、天皇と称しまいらせて叡山《えいざん》に登ったことは、太平記で有名な話。北条《ほうじょう》方に捕えられ下総に流され、元弘二年十月病んで配所に薨《こう》じた。年わずかに三十二。明治十五年、別格官幣社小御門《こみかど》神社に祀《まつ》らる。〇師賢はかねて薙髪《ちはつ》し「素貞《そてい》」と号して、洛西の北長尾山荘に籠《こも》っていたのであるが、天下大乱となるや、奮然として墨染《すみぞめ》の衣《ころも》をぬぎ捨て、再び出仕して、後醍醐天皇を援《たす》け奉った。新葉集中のこの一首は、その心事をありのままに歌ったのである。明哲保身という支那人の処世術は、利己的である。身を捨てて君国《くんこく》に尽すというのが、日本人伝統の主義であり、歴史に現われた事実でもある。

三　菊池武時（きくちたけとき）

もののふの上矢《うはや》の鏑《かぶら》ひとすぢにおもふ心《こころ》は神《かみ》ぞ知《し》るらむ

菊池《きくち》氏は、刀伊《とい》の入寇を撃退した藤原隆家《ふじわらのたかいえ》を祖とする。武時《たけとき》入道して「寂《じゃく》阿《あ》」と号し、元弘三年三月九州探題北条英時《ほうじょうひでとき》を博多に攻めて戦死した。年四十二。現に別格官幣社菊池神社に祀《まつ》らる。忠勇なる子供を多く持ったが、就中《なかんずく》、筑後川の戦《いくさ》の武光《たけみつ》が最も有名である。〇この歌、天正本太平記に出《い》ず。博多の戦の直前、阿《あ》曾宮《そのみや》に詣で、胡簶《やなぐい》の表矢《うわや》を奉納し、戦勝を祈願しつつ詠んだ。大将の背に負う胡簶には数多《あまた》の矢が挿してあるけれども、上差《うわざし》の矢（鏑矢《かぶらや》）は一本しかない。その鏑矢の如く、ただ一筋に、専念に、思い立ったわが心、忠誠の心は、神明もあわれと思《おぼ》し召して、必ずや加護し給うに相違ない。

三　粟田久盛（あわだひさもり）

植《う》ゑおかば苔《こけ》の下《した》にもみ吉野《よしの》のみゆきの跡《あと》を花《はな》や残《のこ》さむ

久盛《ひさもり》は吉野の廷臣で、新葉集の作者の一人という以外に、伝記は不明。○この歌、新葉集に出《い》で、その詞書《ことばがき》に「延元陵のほとりに桜樹千本植ゑ奉らんと祈願し、年々植ゑたるに、樹も漸《やうや》く大きくなりて、花咲きはじめたれば」という意味のことが書いてある。「苔の下にもみ吉野の」は、泉下の先帝の御霊《みたま》もみそなわすであろう三吉野の、と詞を懸けたのである。かように御陵のほとりに千本の桜を植えておいたならば、後醍醐天皇在天の御霊も御覧下され、そうして、かかる山中に行幸《みゆき》し給うた悲しい歴史の蹟《あと》も、この桜花によって、末《すえ》の代《よ》永く残るであろう。それを、我ら吉野朝廷の臣下の、せめてもの慰めと思おう。

三三　楠木正行（くすのきまさつら）

かへらじとかねて思《おも》へば梓弓《あづさゆみ》なき数《かず》にいる名《な》をぞとどむる

正行《まさつら》は正成《まさしげ》の長子、正平三年一月四条畷《しじようなわて》に戦死す。年二十三。別格官幣社四条畷神社に祀《まつ》らる。〇太平記巻第二十六「正行参吉野事《まさつらよしのにまいること》」の章に出ているこの歌のことは、あまりにも有名で、児童走卒も知っている。説明を略す。

三四　北畠親房（きたばたけちかふさ）

かた糸《いと》の乱《みだ》れたる世《よ》を手《て》にかけて苦《くる》しきものは吾《わ》が身《み》なりけり

北畠家《きたばたけ》は村上源氏。親房《ちかふさ》は吉野朝廷の柱石で、神皇正統記《じんのうしょうとうき》の著者。正平九年四月薨《こう》ず、年六十二。別格官幣社阿部野《あべの》神社に祀《まつ》らる。その子顕家《あきいえ》・顕信《あきのぶ》・顕能《あきよし》、いずれも忠臣であった。○片糸は縒《よ》り合せぬ糸のことで、「乱れ」に懸かる枕詞《まくらことば》。片糸の如く乱れたる世の中を、正しき筋道にかえさんと処理にかかって、いたずらに苦しく悩むわが身であるわいと、憂国の老忠臣が慨嘆したのである。いかにも作者の経歴を現わした、悲痛な歌ではないか。「苦しき」は糸を「繰《く》る」意を持つ縁語になっている。

三五　北畠守親（きたばたけもりちか）

みちのくの安達《あだち》の真弓《まゆみ》とりそめしその世《よ》に継《つ》がぬ名《な》を嘆《なげ》きつつ

守親《もりちか》は顕信《あきのぶ》の子で、親房《ちかふさ》の孫。正平十年奥州の国司に任ぜられて下向し、賊将の白河弾正少弼《しらかわだんじょうのしょうひつ》と戦ったが、思うように勝利を獲《え》られなかった。それで、この歌の如く、自責して嘆いたのである。わが北畠《きたばたけ》家は、祖父の親房も、父の顕信も、伯父の顕家《あきいえ》も、世々《せぜ》揃って関東や奥州に転戦し、君国《くんこく》のため勲功を立てたのであるが、不肖の自分は、父祖らの名誉を継ぐような戦《いくさ》はできなかった。まことに慚愧《ざんき》に堪えぬ。○この歌、新葉集に出《い》ず。「みちのくの安達《あだち》の真弓《まゆみ》」安達は奥州の一郡の名、そこで作る弓のことだが、父祖らが同じく奥州地方を歴戦した因縁からこの歌にとり入れたのである。

三六　四条隆俊（しじょうたかとし）

君《きみ》がため吾《わ》が執《と》り来《き》つる梓弓《あづさゆみ》もとの都《みやこ》にかへさざらめや

隆俊《たかとし》は四条隆資《しじょうたかすけ》の子。文中二年三月、河内の天野で戦死した。（父隆資も正平七年五月男山の戦に忠死）隆俊は公卿《くげ》の家に生まれ、元来武事と関係なかったのであるが、君国《くんこく》の危急に遇《あ》い、敢然として弓矢を手に執《と》った。弓矢を執った以上は、勝つまで後へは引かない。南風日々に競わぬありさまながら、一念の矢は岩をもとおす、必ずや「もとの都」なる京都に天皇還幸あそばされる日を拝さねばならぬ。それまでは、一歩も退くまいぞ。〇この歌、新葉集の中でもことに光っている。

三七　藤原光任（ふじわらのみつとう）

思《おも》ひきや山路《やまぢ》のみ雪《ゆき》ふみわけてなきあとまでも仕《つか》ふべしとは

光任《みつとう》の伝不明。歌は新葉集に出《い》ず。「雪ふりける日塔尾《たふのを》の御陵《みささぎ》にまゐりて思ひつづけ侍《はべ》りける」と詞書《ことばがき》。塔尾の御陵は延元陵の御事《おんこと》。〇夢にも思わなかったことよ、こうして山路《やまじ》の深い雪を踏みわけながら、後醍醐天皇の崩御し給うた御陵までも奉仕しようとは。甲斐なき命ながらえ、悲しい目に遇《あ》い奉ったと、そぞろに身をも嘆いたのである。

三八　藤原師兼（ふじわらのもろかね）

わが君《きみ》の夢《ゆめ》には見《み》えよ今《いま》もなほかしこき人《ひと》の野《の》べに遺《のこ》らば

師兼《もろかね》は新葉集の作者であり、『師兼卿千首』というものも遺《のこ》っていながら、伝記は不明である。この歌は『千首』に出《い》ず。後村上天皇の御製《ぎょせい》に「仕ふべき人や遺ると山ふかみ松の戸ざしもなほぞ尋ねむ」というのがあらせられる。この御製を拝誦して、さて師兼の一首を読むと、意味は明らかになる。吉野朝廷では賢人や義士を要すること最も痛切であり、主上さえもそれについて宸襟《しんきん》を悩ませ給う今日この頃、もしも野《や》の遺賢あらば、わが大君《おおきみ》の御夢に現われてくれよと、師兼は祈ったのである。後醍醐天皇の御夢に楠木正成《くすのきまさしげ》が現われたという太平記の話が思い合わされる。

三九　足利成直（あしかがなりただ）

神路山《かみちやま》いづる月日《つきひ》や君《きみ》が代《よ》をよるひる守《まも》る光《ひかり》なるらむ

成直《なりただ》は足利尊氏《あしかがたかうじ》の庶子直冬《ただふゆ》の子であるが、同族に背いて、吉野朝廷に忠勤を励み、新葉集に歌を採られている。伊勢神宮の鎮まり給う神路山《かみじやま》の頂からさし昇る日月《じつげつ》は、昼となく、夜となく、わが君が代を照らし守る霊光に相違ない。
○妖雲に閉《とざ》されたる南山《なんざん》の廷臣らは、「一日も早く正義が勝ち、君が代明るくなり給うように」と悲痛の念願をいだいている。成直の歌も、その悲願の現われだ。

四〇　源頼武（みなもとのよりたけ）

引《ひ》きそめし心《こころ》のままに梓弓《あづさゆみ》おもひかへさで年《とし》も経《へ》にけり

頼武《よりたけ》は武蔵国の吉見《よしみ》一族であろうと推定する。歌は新葉集に出《い》ず。吉野の天子の御為《おんため》に弓矢を執《と》って立って以来、その時の決心の通りに、変ることなく、思い翻すことなく、微力を尽して数多《あまた》の年月を過したわい。

四一　北畠顕能（きたばたけあきよし）

いかにして伊勢《いせ》の浜荻《はまをぎ》ふく風《かぜ》の治《をさ》まりにきと四方《よも》に知《し》らせむ

顕能《あきよし》は親房《ちかふさ》の第三子。多年伊勢の国司として吉野朝廷のために尽し、弘和三年七月薨《こう》ず。別格官幣社北畠《きたばたけ》神社に祀《まつ》らる。世は今や伊勢の浜荻《はまおぎ》（葦《あし》に似たる草）の風に吹かれる如く乱れている。自分がお預かりしているこの一国さえなかなか治らない。申し訳もない次第だ。いかにして、どうか苦心して、これを治め、その吉報を天下四方に知らせるようになりたいものだ。

四二　二条為忠（にじょうためただ）

君《きみ》すめば峯《みね》にも尾《を》にも家居《いへゐ》してみ山《やま》ながらの都《みやこ》なりけり

為忠《ためただ》は藤原定家《ふじわらのさだいえ》の末裔で、歌人。新葉集によればこの歌は、後村上天皇の天野（河内国）の行宮《あんぐう》に奉ったものである。わが大君《おおきみ》がましますところとて、山の高い所にも、山の裾を曳いた低い所にも、臣下らはおのおの住宅を構え、その数夥《おびただ》しく、山中ながらにして、そのまま立派な帝都でござりますわい。〇神皇《じんのう》正統記《しょうとうき》に「大和島根《やまとしまね》は本《もと》よりの皇都なり。内侍所《ないしどころ》、神璽《しんじ》も吉野にましませば、いづくか都にあらざるべき」と喝破しているのが思い合わされる。

四三　花山院長親（かざんいんながちか）

神《かみ》の代《よ》の三種《みくさ》のたから伝《つた》へますわがすべらぎぞ道《みち》も正《ただ》しき

長親《ながちか》は師賢《もろかた》の孫で、吉野朝廷の重臣なると同時に有名の歌人。晩年薙髪《ちはつ》して耕雲《こううん》と号す。永享年間示寂《じじゃく》し、年八十余。右の歌は天授元年五百番歌合《ごひゃくばんうたあわせ》に出《い》ず。歌意は説明を要すまい。三種神器を伝え給う吉野の天子が正統の君にましますことを、儼然《げんぜん》として歌ったのだ。

四　太田道灌（おおたどうかん）

二《ふた》つなきことわり知《し》らば武士《もののふ》の仕《つか》ふる道《みち》はうらみなからむ

道灌《どうかん》、名は持資《もちすけ》。扇谷上杉《おうぎがやつうえすぎ》氏に仕う。文明十八年七月その主上杉定正《うえすぎさだまさ》のために殺さる、年五十五。戦国武将中最もすぐれたる歌人。この歌、家集『慕景集《ぼけいしゅう》』に出《い》で、「正月二十日《はつか》あまり上杉常頼入道京にまうのぼり、みことのりのかしこまり申述ぶべしとて、消息《せうそこ》ったへし返し事せし文のはしに書送りける」と詞書《ことばがき》あり。詞書はややこしいが、「正月二十日過ぎ、上杉常頼、上京して聖旨の御受け申し述べんと、そのことを出発前に自分に消息して来たので、自分は常頼への返事の手紙書き、その端にこの歌をしたためた」という意味であろう。当時は、後土御門天皇の御宇《ぎょう》であった。さて、その聖旨のほどはしかと拝察し難いが、「汝常頼、地方の一武将として、朝廷のために忠勤をぬきんでよ」という御意味のみことのりであらせられた御事《おんこと》は、道灌の歌の内容から窺い知り得る。道灌、常頼に言って曰《のたまわ》く、「日本に二つの道なし、身は陪臣で、直接には足利将軍を戴くといえども、大君《おおきみ》に忠を致すことが武士《もののふ》の当然の道でござる。この道理をわきまえて仕え奉るならば武士たる道に何の遺憾あらんや」

四五　森迫親正（もりさこちかまさ）

命《いのち》より名《な》こそ惜《を》しけれ武士《もののふ》の道《みち》にかふべき道《みち》しなければ

この歌、常山紀談《じょうざんきだん》巻之八に出《い》ず。天正の頃、大友義鎮《おおともよししげ》が豊後国合志《ごうし》常陸介《ひたちのすけ》を攻めた時、わずかに十七歳なる若武者の森迫三十郎親正《もりさこさんじゅうろうちかまさ》は寄手《よせて》の一人として奮戦したが、武運つたなく常陸介の従兵に首を取られた。その冑《かぶと》につけた短冊に、右の一首が書いてあった。歌意は明らかである。〇愛国という事とこの歌と関係いずこにあるか、と疑問する人もあろう。戦国時代の歌は割拠せる群雄間の戦《いくさ》に関するもので、直接に天皇への忠や日本国への愛を吐露したものは極めて少ないけれども、武士道を歌ったものは当然沢山ある。そうしてこの武士の道徳なるものはおのれの主人への忠誠を根抵とする思想なるがゆえに、忠君愛国と合致すべき性質のものといってよい。かかるがゆえに、戦国武士道の精華をあらわした歌は、愛国歌から除外すべきでないと私は考える。武士道の歌をさらに二首挙げよう。

哭　三宅治忠（みやけはるただ）

君《きみ》なくば憂身《うきみ》の命《いのち》なにかせむ残《のこ》りて甲斐《かひ》のある世《よ》なりとも

別所長治記《べっしょながはるき》に出《い》ず。天正六年羽柴秀吉《はしばひでよし》中国を征伐するや、播州三木の城主別所長治は、毛利《もうり》氏と結んで抵抗せしも、力尽き、同八年正月落城す。長治の臣三宅治忠《みやけはるただ》は主人を介錯《かいしゃく》して、さておもむろに刀を取り直し、腹十文字に掻き切って殉死した。右の歌は辞世。「残りて甲斐のある世なりとも」に治忠の信念が籠《こも》っている。一方を切り抜けて身を隠し、やがて捲土重来《けんどちょうらい》したならば、あるいは主家を復興し、自分も一《いっ》かど出世するかも知れない。かかる例《ためし》は戦国時代にめずらしくない。しかしながら、自分にはそれができない。そういう心持になれない。主人長治の生命《いのち》がすなわち臣治忠の生命なのである。自分だけ生き残るというようなことは、いかなる誘惑あっても自分には断じてできない。

四七　中村文荷斎（なかむらぶんかさい）

ちぎりあれや涼《すず》しき道《みち》にともなひて後《のち》の世《よ》までも仕《つか》へ仕《つか》へむ

真書太閤記九編巻之九に出《い》ず。天正十一年四月二十一日賤《しず》ヶ岳《たけ》に勝った羽柴《はしば》勢は、北国《ほっこく》勢を急追して越前に入り、柴田勝家《しばたかついえ》を北ノ庄に包囲した。二十三日北ノ庄も落城し、勝家夫妻、一族郎党、潔く死を共にしたが、その中に中村文《なかむらぶん》荷斎《かさい》という者、これも「節義に当って変ぜざる者なれば、同じ道に侍《はべ》らん」とて、右一首を遺し、猛火の中に自殺した。文荷斎という名の示す如く、武士ではなく、右筆《ゆうひつ》か茶坊主であったろう。それにしても武士に劣らぬ立派な人間であった。結句「仕へ仕へむ」と繰り返したところに、主従は三世までという古語も想い合わされて、歌の深さと強さとがある。かような主従の契《ちぎり》は、清く涼しいもの。その「涼しき道」を楽しみつつ、文荷斎は猛火に身を委《ゆだ》ねた。

四八　豊臣秀吉（とよとみひでよし）

唐土《もろこし》もかくやは涼《すず》し西《にし》の海《うみ》の浪路《なみぢ》吹《ふ》きくる風《かぜ》に問《と》はばや

戦国武士道の歌に続いて、曠世《こうせい》の壮挙、豊太閤征韓役に関する歌二三を紹介する。天正十五年三月朔日、関白秀吉《ひでよし》は大坂城を発して九州征伐の途《と》に上《のぼ》り、五月の初めには早くも島津《しまづ》氏を降伏せしめた。そうして、軍を班《かえ》す道すがら筥《はこ》崎八幡宮《ざきはちまんぐう》に参詣したのであった。頃は六月、盛夏の暑さ堪え難く、松原に夕涼みしながら、秀吉はかく歌った。この歌、豊鑑《とよかがみ》に出て、「夕っ方松原に出て立涼み、はるばると眺むるに、唐土《もろこし》もまぢかき様《やう》に思ひやらるるばかりなり」云々と前書している。秀吉征韓の雄図は一朝にして企てたものでなく、すでに天正中葉の中国征伐の頃からと伝えられる。今この、島津氏征伐の頃には雄図ますます胸中に熟して来たに相違ない。「ここ博多の松原の夕は涼しいが、唐土もかように涼しいものか」と、朝鮮海峡を吹き越えて来る晩風に胸襟を吹かせながら、秀吉は自問自答した。「ここから壱岐対馬と庭石のように据えられた小島小島を足溜りにし、大陸へ押し渡って、一涼みしてくれよう」と英雄はすでに肚《はら》を決めたものらしい。

四九　細川幽斎（ほそかわゆうさい）

日《ひ》の本《もと》の光《ひかり》を見《み》せてはるかなる唐土《もろこし》までも春《はる》や立《た》つらむ

幽斎《ゆうさい》、名は藤孝《ふじたか》。武将にして、すぐれたる歌人。家集を衆妙集《しゅうみょうしゅう》という。慶長十五年八月卒す、年七十七。この歌、衆妙集に出《い》で、文禄元年元旦の作。征韓の議は前年（天正十九年）の秋すでに決し、今年の春に豊公みずから出馬するという取り沙汰もっぱらなので、幽斎はこれを賀し、「日《ひ》の本《もと》の」云々と詠じたのである。大陸征伐の新春に国家を礼賛した作として、これは申し分ない出来栄えだ。

五〇　新納忠元（にいろただもと）

あぢきなや唐土《もろこし》までもおくれじと思《おも》ひしことは昔《むかし》なりけり

忠元《ただもと》は島津《しまづ》氏の宿将。和歌を好み、陣中火縄のあかりで古今集を読んだという佳話が伝えられている。文禄元年三月、島津義弘《よしひろ》は肥前名護屋から出発したが、老臣忠元これを送って、髀肉《ひにく》の嘆《たん》に堪えず、「わしも弱冠から兵馬を業《なりわい》とし、大小数十戦、いつも君側《くんそく》を離れたことはなかったのだが、七十余歳の頽齢《たいれい》では、お供することも叶わない。残念至極である。今日こうして主君の堂々たる御出征を拝見すると、壮年の昔日が恋しくてたまらない」

五一　是斎重鑑（ぜさいちょうかん）

異国《ことくに》もしたがひにけりかかる世《よ》を待《ま》ちてや神《かみ》の誓《ちか》ひあらはす

重鑑《ちょうかん》は慶長三年夏、石田三成《いしだみつなり》に随行して九州に下り、短い日記を書いた。彼はたぶん三成の右筆《ゆうひつ》であったろう。博多に到り、「海の中道《なかみち》より、しがの島へ渡る所こそ、しかすがの渡《わたり》なれ。香椎宮《かしいぐう》も遠からず、箱崎《はこざき》の社《やしろ》は異国降伏のため西を守れると聞伝《ききつた》へしも偽《いつわり》ならず、思ひよりしままに」と前書して、右一首をしるす。時は豊公第二次征韓の役最中《さなか》であった。

五二　板倉重昌（いたくらしげまさ）

あらたまの年《とし》にさきだち咲《さ》く花《はな》は世《よ》に名《な》を残《のこ》すさきがけと知《し》れ

重昌《しげまさ》は三河額田《ぬかた》の城主。寛永十四年十一月島原に切支丹《きりしたん》の一揆起るや、重昌征討の命を受けて赴き、近国諸大名を指揮して奮戦したが容易に勝てない。幕府はさらに松平信綱《まつだいらのぶつな》らを征討使に任命した。重昌の兄重宗《しげむね》、書を弟に送り「信綱らの到着に先だち賊を平らげずば、生きて何の面目あらん」と戒め、井伊直孝《いいなおたか》もまた書を遣《つか》わして、「殊勲を樹《た》てよ」と励ました。ここにおいて重昌死を決し、寛永十五年正月一日《ついたち》、早旦を期して賊塁を攻撃し、馬を陣頭に立てて叱咤《しった》し、ついに流丸《ながれだま》に中《あた》って戦死した。年五十一。右の歌は辞世である。

五三　大石良雄（おおいしよしお）

あら楽《たの》し思《おも》ひは晴《は》るる身《み》は捨《す》つるうき世《よ》の月《つき》にかかる雲《くも》なし

武士道徳の歌を忠君愛国歌から除外できない理由は前述した。そこで、赤穂義士の歌も当然挙げられねばならぬ。四十七士中には小野寺十内《おのでらじゆうない》を始め、文藻《ぶんそう》ある人少なくなかったが、代表として良雄《よしお》の一首を抜く。この歌、初句《しよく》を「あら楽《らく》や」として伝えている本もある。また、詠まれた場合は、主君の墓前に仇敵の首級《しるし》を供えた時とする本あり、然《しか》らずして、切腹の際の辞世とする本もある。いずれが正しきか、義士伝に不案内の私には、もちろん断定する資格がない。

五四　僧契沖（そうけいちゅう）

わたつみのその生み《う》の子《こ》の八十《やそ》つづき大和《やまと》の国《くに》の君《きみ》ぞ変《かは》らぬ

元禄国学の復興が、単に文学の上のみならず、一般国民の国家意識、民族意識を呼び醒まし、ひいては明治維新の遠因とさえなったことは、論ずるまでもない。「愛国百人一首」中に元禄以降の国学者を逸することのできない理由はここに存する。春満《あずままろ》・真淵《まぶち》・宣長《のりなが》・篤胤《あつたね》の四大人《たいじん》をはじめ、数人の代表作を挙げよう。まず国学の鼻祖といわれる契沖阿闍梨《けいちゅうあじゃり》の漫吟集《まんぎんしゅう》の一首。「わたつみのその生みの子」とは海神《わたつみ》の生み給いしところの御子《みこ》の意であるが、古事記を読むと事は明らかにわかる。彦火火出見尊《ひこほほでみのみこと》の妃たる豊玉姫命《とよたまひめのみこと》はわたつみの御娘で、御二方の間に鸕鷀草葺不合尊《うがやふきあえずのみこと》がお生まれになった。鸕鷀草葺不合尊の妃もまたわたつみの御娘の玉依姫命《たまよりひめのみこと》で、この御二方の間に、神武天皇がお生まれ遊ばされた。契沖はこの肇国《ちょうこく》の歴史を偲《しの》び奉り、海神の生みの御子は「八十《やそ》つづき」と無限に続き給い、その御裔《みすえ》なるわが日本《やまと》の国の世々《せぜ》の大君《おおきみ》も海神のしろしめし給う大洋《おおわたつみ》の如く無限不変におわしますと、厳《おごそ》かに頌《しょう》し奉ったのである。高天原《たかまがはら》と滄海原《あおうなばら》、二つの結合ほど荘厳にして無窮なるものは想像できない。

五五　荷田春満（かだのあずままろ）

踏《ふ》みわけよ大和《やまと》にはあらぬ唐鳥《からとり》の跡《あと》を見《み》るのみ人《ひと》の道《みち》かは

春満《あずままろ》は伏見稲荷社の神主。この歌、家集『春葉集《しゅんようしゅう》』に出《い》で、「書」と題す。わが日本の国民らよ、よく道を踏みわきまえて、間違わぬようにせよ、日本の国のものではない唐土《もろこし》の鳥の足跡ばかり見詰めて歩くのが人間の道ならんや。よろしく皇国の古典籍を究めて、無比の歴史を知るべし。〇鳥の足跡から文字を発明したという支那の古事があるので、「唐鳥《からとり》の跡」とは支那の文字や書籍を意味する。徳川《とくがわ》氏の学問は儒教であったので、春満はこれに反撥し、皇学の復古を唱道したのであった。歌の題は単に「書」とあるけれども、精神は愛国の神髄といってよい。

五六　賀茂真淵（かものまぶち）

もろこしの人《ひと》に見《み》せばやみ吉野《よしの》の吉野《よしの》の山《やま》の山桜花《やまざくらばな》

真淵《まぶち》は春満《あずままろ》に就いたが、出藍《しゅつらん》の誉《ほまれ》ある学者兼歌人。賀茂翁家集《かもおうかしゅう》に載せたるこの一首は、表面は桜花の詠であるが、根抵に皇国礼讃の念が儼存《げんそん》している。唐《もろ》土《こし》すなわち支那は、文明古く、「中国」と自称し、自負しているが、日本国《やまとのくに》の桜花の如き美しく潔い花は咲くまい。これをかの国の人間らに見せてやりたいものだ、と真淵は昂然としたのである。頼山陽《らいさんよう》作と俗に伝うる今様《いまよう》に、「花より明《あ》くるみ吉野の、春のあけぼの見渡せば、もろこし人も高麗《こま》びとも、大和心《やまとごころ》になりぬべし」というのがある。じつは福岡の歌人二川相近《ふたがわすけちか》の作。

五七　本居宣長（もとおりのりなが）

さし出《い》づるこの日《ひ》の本《もと》の光《ひかり》より高麗《こま》もろこしも春《はる》を知《し》るらむ

宣長《のりなが》は真淵《まぶち》を継承したる大学者で、『古事記伝《こじきでん》』の著者。家集の『鈴屋集《すずのやしゅう》』に出《い》で、「年の始《はじめ》に詠める」と詞書《ことばがき》し、天明七年、五十八歳作。「さし出《い》づるこの日《ひ》の本《もと》の」煜々《ゆうゆう》として輝き昇る太陽光をわが国名に懸けたのである。「高麗《こま》もろこしも」朝鮮および支那大陸のこと、ひいては一般諸外国を意味す。「春を知るらむ」この場合「春」は単に四季の春にあらず、平和とか民福とかいう、うらうらとした万象を意味す。○皇国礼讃歌でこれほどの絶唱は他に見当らない。今日のわが国を、一百四十年前に予言したかとさえ思われる。

六八　平田篤胤（ひらたあつたね）

思《おも》ふこと一《ひと》つも神《かみ》に務《つと》めをへず今日《けふ》やまかるかあたら此《こ》の世《よ》を

篤胤《あつたね》は古道の大家。幕末志士の中には篤胤の思想を継承した者がすこぶる多い。右の歌は家集の気吹舎《いぶきのや》歌集に出《い》で、天保十四年閏九月十一日歿する時の辞世。篤胤ほど精励して、あれだけの業績を古道の学問上に遺しながら、なお「一つも神に務めをへず」と浩嘆したのは、まさしく儒夫《だふ》を起たしめるに足ろう。死を視《み》ること帰するが如き辞世の詩歌は、古今武人に多いが、学者の篤胤は「もはや、おさらばをせねばならぬか、惜しいこの世を」と未練を残した。それは、いたずらに命が惜しく、死がおそろしいからではない。生きてなお為さねばならぬ仕事、皇国のために究めねばならぬ学問が残っているゆえだ。死を懼《おそ》れぬ者必ずしも勇ならず、生を惜しむ者必ずしも怯《きょう》でない。

五九　橘曙覧（たちばなあけみ）

君《きみ》と臣品《おみしな》さだまりて動《うご》かざる神国《かみくに》といふことを先《ま》づ知《し》れ

曙覧《あけみ》は越前の人、家は井出《いで》氏。高潔の士にして歌人として極めてすぐれていた。右は歌集の志濃夫廼舎《しのぶのや》歌集に出《い》で、「人に示す」と題す。皇国においては太古より今日《こんにち》に至るまで、君臣のくらい確乎として動かない。君《きみ》は天のくらい、臣《おみ》は地のくらい、この別は不易である。神国たるゆえんはこの国体に存し、この国体あって神国なのである。人々よ、他のいろいろの知識を詰め込むよりも、他のいろいろの道理を論じ究めるよりも、何よりもまず第一に、この不易の神国ということを深く知るべし。日本国民としてのすべての善は、徳は、神国の認識に始まる。

六〇　大国隆正（おおくにたかまさ）

仇《あだ》と見《み》るえみしが伴《とも》を末遂《すゑつひ》に貢《みつぎ》の船《ふね》となさでやまめや

隆正《たかまさ》の姓は野之口《ののぐち》、石州津和野《つわの》藩士。国学者にして、その門に勤皇志士多く出《い》ず。この歌は真爾園《まにその》歌集に出ず。「仇《あだ》と見るえみしが伴《とも》」とは弘化・嘉永以降わが国に来航して開国交易を強要した英・米・露・仏などの黒船の連中を指す。今こそ仇敵の観あるこれら西夷の黒船どもも、ついにはわが国威に屈服せしめて、無礼を悔い改めしめ、貢物《みつぎもの》を渡来する船となさずにおこうや、必ずそうして見せるぞ。

六一　白河楽翁（しらかわらくおう）

青柳《あおやぎ》の糸《いと》のみだれを春風《はるかぜ》のゆたかなる世《よ》に忘《わす》れずもがな

ここで、徳川《とくがわ》時代諸侯の中から憂国者二三を抜いてその歌を紹介しよう。松《まつ》平定信《だいらさだのぶ》は将軍吉宗《よしむね》の孫で、田安宗武《たやすむねたけ》の第三子。白河城主となり、名君の聞え高かった。晩年致仕《ちし》して楽翁《らくおう》と称し、専ら文筆を楽しむ。「青柳《あおやぎ》の」の歌は公の家集に出《い》ず。「治に居て乱を忘れず」という古語を優に美しい大和《やまと》言葉にしたのである。いかにも一国の主の歌らしい。徳川氏の泰平久しく続き、世は文化・文政の爛熟頽廃期に向って進みつつあったゆえ、責任の地位にある定信は居治不忘乱の感を強くしたに相違ない。

六三　徳川治紀（とくがわはるのり）

梓弓《あづさゆみ》八島《やしま》のほかもおしなべてわが君《きみ》が代《よ》の道《みち》仰《あふ》ぐらし

治紀《はるのり》は水戸第九世の藩主。この歌、家集の鶴山詠草《かくざんえいそう》に出《い》ず。「梓弓《あずさゆみ》」は矢の枕詞《まくらことば》なるゆえ、「八島《やしま》」に冠したのである。秋津洲《あきつしま》八島以外、すなわち海外の諸国までも、皆おしなべて、例外なく、わが神国の皇道を尊きものと仰ぎ見るが如し。

六三　水戸烈公（みとれっこう）

敵《あだ》あらばいでもの見《み》せむ武士《もののふ》の弥生《やよひ》なかばの眠《ねむ》りざましに

烈公斉昭《れっこうなりあき》の伝は述べるまでもあるまい。「敵《あだ》あらば」烈公藩主の時は、まことに内外多事であったが、ここに「敵」というのは外敵の意に相違ない。弘化ないし安政の間、諸外国の「黒船」は江戸付近はもちろん、近畿や九州や蝦夷《えぞ》などの海港に来泊した。烈公の領内なる常陸の大津浜にも英艦が来航して、その地方を騒がせた。かようの際、烈公歌って曰《のたまわ》く、外敵よし、ござんなれ、目にもの見せてくれんず、わが徳川《とくがわ》幕府の泰平も続き過ぎた、武士なども遺憾ながら春の最中《さなか》の惰眠を貪っている状態だが、彼らの眠気ざましには外患に如《し》く妙薬はない、一旦めざめたならば日本武士本来の面目が現われずにはいない、こんにち我ら武士にとって、外敵あるはじつに一挙両得だ、ござんなれ夷狄《いてき》ども、目にもの見せてくれんず。烈公は空威張《からいば》りと違う。ちゃんと周到の用意していたのであった。大砲鋳造という如き、当時にあって進歩した武備をも、水戸ではすでに試みていたのであった。

六四　林子平（はやししへい）

伝《つた》へてはわが日《ひ》の本《もと》のつはものの法《のり》の花咲《はなさ》け五百年《いほとせ》の後《のち》

「愛国百人一首」はこの辺で幕末志士吟へ移ろうとする。その先駆として、寛永三奇士の歌を挙げねばならぬ。林子平《はやししへい》のこの歌は『海国兵談《かいこくへいだん》』の巻末に朱印にて押したるもの。兵談十六巻は天明六年の自序あって、寛政三年刊行、わが国当年の対外戦備を論究し、「外寇を防ぐの術は水戦にあり、水戦の要は大銃にあり」と述べ、海軍を興すべきこと、大砲を主たる兵器となすべきことを力説している。「法《のり》の花咲け」このわが著述は日本武士の宝典なるが、こんにちの人々には理解し得まい、数百年の後に至って花を咲かせ、はじめて宝典と仰がれるであろう。○先見の憂国者林子平はかように述懐した。こんにちの皇国無敵海軍を子平の霊は見ているであろう。

六五　高山彦九郎（たかやまひこくろう）

われを我《われ》としろしめすかやすべらぎの玉《たま》の御声《みこへ》のかかるうれしさ

寛政三年、彦九郎《ひこくろう》四十五歳作。この年の春、彦九郎はある事によって、忝《かたじけな》くも光格天皇の龍顔《りようがん》を拝する栄に浴した。右一首はその時の感激。説明を要せず、ただこの歌を誦して見るとよい。滂沱《ぼうだ》として感涙を流した草莽の臣彦九郎が眼前に現われて来る。

六六　蒲生君平（がもうくんぺい）

比叡《ひえい》の山《やま》みおろす方《かた》ぞ哀《あは》れなる今日《けふ》九重《ここのへ》の数《かず》し足《た》らねば

これは君平《くんぺい》が山陵志《さんりょうし》を作るため京都に来ていた文化初年の頃の詠と推察する。叡山四明岳《えいざんしめいがたけ》に将門岩《まさかどいわ》という伝説的の自然石が転がっている。将門はそこから京《けい》師《し》を俯瞰《ふかん》して野望を起したと俗説にいう。同じ場所でも君平の感じたこととは雲泥の差がある。時は皇室式微の極、「今日《けふ》九重《ここのへ》に匂ひぬるかな」と平安朝の宮女が詠じた時代と異なり、勿体《もったい》なくも宮闕《きゅうけつ》は荒廃して、天子の歴史的御座所たる旧観を備えない。山陵の荒廃を慨嘆した君平である。いわんや、現に至尊ましますところの宮殿がこの御ありさまなるにおいてをや。

六七　村田清風（むらたせいふう）

しきしまの大和心《やまとごころ》を人問《ひとと》はば蒙古《もぐり》のつかひ斬《き》りし時宗《ときむね》

幕末志士で愛国の歌を遺した人は数百人の多きに上《のぼ》る。ここには、「百人一首」とした制限上、やむを得ず、一小部分の二十人ばかりを挙げて満足せねばならぬ。詳しくは第一書房刊小著『幕末愛国歌』を読んでいただきたい。○清《せい》風《ふう》は長州の人、藩治に功績を挙げ、士風を興し、学問を盛んにした。安政二年病歿、年七十三。明治二十四年正四位を贈らる。この歌は、いうまでもなく、本居宣長《もとおりのりなが》の名歌の上句《かみのく》をそのまま使用し、下句《しものく》に清風自身の感慨を託して、単刀直入的の表現を試みた。尊攘論者なる清風は、「胆如レ甕《かめ》」と頼山陽《らいさんよう》の詠じた相模太郎を理想人物と考えたのである。「時宗《ときむね》こそは大和魂《やまとだましい》の代表者だ」と疑問もなく言ってのけたのである。

六　藤田東湖（ふじたとうこ）

八千矛《やちほこ》の一《ひと》すぢごとにここだくの夷《えみし》の首《かうべ》つらぬきてまし

東湖《とうこ》は、父の幽谷《ゆうこく》とおなじように、碩学《せきがく》でありかつ勤皇の志に厚かった。安政二年の江戸大地震で死んだのは、ひとり水戸藩のためのみならず、国家の一大損失であった。この歌、読んで字の如し。ずいぶん荒々しく、気を負うているようで、学者の歌らしくないと思う人があるかも知れないが、決してそうでない。東湖は尊攘の実動者でもあったのだ。文政七年五月英艦が常陸大津浜を騒がせた時、青年の東湖は悲憤に堪えず、死を決して英国人らを斬ろうとしたことさえある。八千矛《やちほこ》に夷《えみし》の首《こうべ》を貫きたいと詠じたのは、「見え」ではなく、本心なのだ。

六九　梅田雲浜（うめだうんぴん）

君《きみ》が代《よ》をおもふ心《こころ》の一《ひと》すぢに吾《わ》が身《み》ありとは思《おも》はざりけり

源次郎雲浜《げんじろううんぴん》は若州小浜《おばま》藩士。安政の獄に下り、同六年九月江戸の小倉藩邸に歿す、年四十四。明治二十四年正四位を贈らる。〇この歌、近世殉国一人一首伝に出《い》ず。興風後集《こうふうこうしゅう》に、天誅組《てんちゅうぐみ》の野崎主計《のざきかずえ》の作として「大君《おおきみ》に仕へぞまつるその日より吾《わ》が身ありとは思はざりけり」とある。明治初年に出版された勤皇家の詩歌集には、往々にしてこの類のこと、すなわち同一のものを作者を区々《まちまち》にして出したり、一句二句ちがえて出したりしている。それは蓋《けだ》し、前《さき》の志士の作を敬慕して後《のち》の志士が暗誦し、それを何かの場合に吟じたのが、後者の作として誤り伝えられるということでもあったろう。

七〇　頼三樹三郎（らいみきさぶろう）

吾《わ》が罪《つみ》は君《きみ》が代《よ》おもふまごころの深《ふか》からざりししるしなりけり

三樹三郎《みきさぶろう》は京都の人、名は醇《じゅん》、頼山陽《らいさんよう》の第三子。安政の獄に下り、刑死す、年三十五。明治二十四年正四位を贈らる。この歌は、安政六年十月、江戸にて刑死の直前に詠じたもの。かような罪に堕ち刑戮《けいりく》せられるのは、君国《くんこく》を思うわが赤心の未だ足らなかったゆえであると、反省し、自責し、いささかも天や人を怨まず、泣言をも並べない。まことに大丈夫の辞世である。

七二　吉田松陰（よしだしょういん）

かくすればかくなるものと知《し》りながらやむにやまれぬ大和魂《やまとだましい》

寅次郎《とらじろう》松陰《しょういん》は長州萩《はぎ》の人。安政大獄の際、松陰また捕えられて江戸に送られ、六年十月小塚原《こづかはら》に刑死す、年三十。明治二十二年正四位を贈らる。右一首は安政元年、二十五歳の時の作。この年伊豆下田に米艦来り、松陰これに便乗して海外に学ばんと企てたが、果さずして捕えられ、江戸に檻送された。途中四月十五日、高輪泉岳寺《せんがくじ》の前を過ぎる時、義士の霊に手向《たむ》けたのがこの歌である。下田事件の如き冒険をすれば、国法に触れるということは百も承知している。しかも、国家の前途を慮れば、やむにやまれぬ冒険なのだ。四十七士が国禁を犯して復讐したのも、同じ心事であったろう。ここに共鳴して、松陰は一首を手向けた。〇かくすればかくなるものと。やむにやまれぬやまとだましひ。この頭韻を踏むに類した声調が、一首の迫力を非常に強めている。ただし松陰は意識してこれを技巧的にたくんだのであるまい。おのずからにしてこうなったのであろう。

七三　有村蓮寿尼（ありむられんじゅに）

雄々《をを》しくも君《きみ》に仕《つか》ふる武士《もののふ》の母《はは》てふものはあはれなりけり

蓮寿尼《れんじゅに》、名は蓮子《れんこ》、鹿児島藩医森《もり》氏の女《むすめ》。その子雄助《ゆうすけ》兼武《かねたけ》および次左衛門《じざえもん》兼清《かねきよ》は桜田門事件に与《あずか》り、兼武は本藩に檻送されて死を賜い、兼清は井伊《いい》大老の首級《しるし》を挙げて現場に自刃した。蓮寿尼は一挙にして愛児二人を失ったのだ。雄々しく大君《おおきみ》に仕えて生命《いのち》を捧げたことを喜ぶとともに、ひとり退いては、母ちょう者のあわれさを泣いた。義と情と分離せず、一個の霊肉に兼ね収めているところが、真の女性であり、真の人間である。

七三　佐久良東雄（さくらあずまお）

飯食《いひた》ぶと箸《はし》をとるにも大君《おほきみ》の大《おほ》きめぐみと涙《なみだ》し流《なが》る

東雄《あずまお》は常陸国新治《にいはり》郡浦須《うらす》村の人、幼にして僧となり、のち還俗《げんぞく》して国典を究む。万延元年桜田義挙の事件に連坐し、同年六月江戸の獄中に病歿す、年五十。明治三十一年従四位を贈らる。万葉調歌人として名高し。〇毎日三度の御飯を頂戴しながら、それはあたりまえのことだとして感謝の念を起さぬならば、東雄の歌に対して恥ずかしい次第だ。

七四　児島強介母（こじまきょうすけのはは）

天皇《すめらぎ》に身《み》は捧《ささ》げむと思《おも》へども世《よ》に甲斐《かひ》なきは女《をみな》なりけり

強介草臣《きょうすけそうしん》は下野宇都宮《うつのみや》の人、文久二年正月坂下門事件に坐して捕えられ、六月獄中に病死す、年二十六。強介の母は名を益《ます》といい、和歌を善くす。幕府の閣老安藤対馬守《あんどうつしまのかみ》を坂下門外に要撃した志士およびその同志の中には、益の子供の強介を始め、一門の縁者、および宇都宮地方の人が多かった。強介の母はそれを坐して視《み》るに忍びず、さりとて商家の妻なる女の身で馳せ加わることもできず、悶々の情に堪えずしてこの一首を吐露した。「世に甲斐なきは女《をみな》なりけり」しかしながら、強介母たる者、婦人を生き甲斐なしと嘆くには当るまい。彼女のみならず、有村蓮寿尼《ありむられんじゅに》・大橋巻子《おおはしまきこ》・吉村寅太郎母《よしむらとらたろうのはは》・近衛家村岡《このえけのむらおか》・松尾《まつお》多《た》勢子《せこ》・野村望東尼《のむらぼうとうに》、その他有名無名の愛国的女性が沢山いたので、維新鴻業《いしんこうぎょう》が成就したと言ってもよい。婦人は歴史の表面に立つことはむずかしい。内面的・家庭的の努力に女性の天職がある。鎌倉時代以降近世まで、武士道が花を咲かせ実を結んだのは、武士の身辺に立派な婦人が多くいたお蔭である。これらの婦人は、おのれの夫を通し、子供を通して、やはり君国《くんこく》や社会に身を捧げて来たのである。

七五　是枝柳右衛門（これえだりゅうえもん）

隼人《はやびと》の薩摩《さつま》の子《こ》らの剣太刀《つるぎたち》抜《ぬ》くと見《み》るより楯《たて》はくだくる

柳右衛門《りゅうえもん》、名は貞至《さだよし》、薩摩谷山《たにやま》の人。文久二年四月寺田屋騒動の後、京都より鹿児島に檻送せられ、元治元年十月配所の屋久島《やくしま》に病歿す、年四十八。明治二十四年従四位を贈らる。この歌は文久元年の作、羈中浮草《きちゅううきくさ》に出《い》ず。頼山陽《らいさんよう》「前兵児謡《ぜんへこのうた》」の「人触るれば人を斬り、馬触るれば馬を斬る」の句が思い出される。

五六　田中河内介（たなかかわちのすけ）

大君《おほきみ》の御旗《みはた》の下《もと》に死《し》してこそ人《ひと》と生《う》まれし甲斐《かひ》はありけれ

河内介《かわちのすけ》、名は綏猷《やすみち》、京都中山家《なかやま》の世臣《せいしん》。寺田屋事件に坐し、文久二年五月斬らる。〇この歌の思想は日本建国以来のものだ。神武天皇の御東征に随った久《く》米部《めべ》のもののふ等は「海行かば水漬《みづ》くかばね、山行かば草むすかばね、大君《おおきみ》の辺《へ》にこそ死なめ、かへりみはせじ」と謡った。その伝統的精神なのだ。中世の武士は「君の馬前に討死せん」ことを標語とした。

七七　松本謙三郎（まつもとけんざぶろう）

君《きみ》がためいのち死《し》にきと世《よ》の人《ひと》に語《かた》り継《つ》ぎてよ峯《みね》の松風《まつかぜ》

謙三郎《けんざぶろう》、圭堂《けいどう》と号す、三河刈谷《かりや》藩士。文久三年の秋天誅組《てんちゅうぐみ》に参加し、その総裁の一人となる。九月二十五日大和《やまと》吉野郷の鷲家口《わしかぐち》に戦死す、年三十三。明治二十四年従四位を贈らる。謙三郎は若くして槍の稽古に左眼を突かれ、十津川《とつかわ》陣中にて右眼を失い、以来駕籠に乗って義軍を指揮した。あたかも関ヶ原の大《おお》谷刑部《たにぎょうぶ》の如くである。「君がため」の一首は辞世。戦死の日の夕刻、萩原《はぎわら》から鷲家へ越す峠で、駕籠かきの人夫に抛棄《ほうき》せられ、敵兵のため無残な最期を遂げた。「語り継ぎてよ峯の松風」おのれの最期を見ているは敵兵ばかりで、味方は一人もいない。よって、心なき山風に、わが忠死のありさまを世に吹き伝えてくれよと、頼んだのである。悲壮の極みだ。

六　伴林光平（ともばやしみつひら）

君《きみ》が代《よ》はいはほと共《とも》に動《うご》かねばくだけてかへれ沖《おき》つ白浪《しらなみ》

光平《みつひら》は河内国志紀《しき》郡林村尊光寺《そんこうじ》に生まれ、世々《せぜ》浄土真宗の僧なりしが、長じて還俗《げんぞく》し、国学を修め和歌を善くす。荒廃せる山陵を捜索して、上聞《じょうぶん》に達し、御沙汰書を賜わる。天誅組《てんちゅうぐみ》に加わり、記録方兼軍議方となる。義挙敗れ、縛《ばく》に就《つ》き、元治元年二月京都六角の獄に刑死す、年五十二。右の歌は、攘夷の意気を示したもので、「沖つ白浪」は弘化以来わが海港を脅かした諸外国の艦船や、その乗組員、さては諸外国そのものを指す。

七九　平野国臣（ひらのくにおみ）

吾《わ》が胸《むね》の燃《も》ゆるおもひにくらぶれば煙《けぶり》はうすし桜島山《さくらじまやま》

国臣《くにおみ》は通称は次郎、福岡藩士。文久三年十月但馬生野《いくの》に義兵を挙げて敗れ、縛《ばく》に就《つ》き、元治元年七月京都六角の獄中に暴殺せらる、年三十七と伝う。明治二十四年正四位を贈らる。国臣は愛国歌人中の雄で幾多の佳作を有するが、ここには人口に最も膾炙《かいしゃ》せる「桜島山」の歌を採った。これは文久元年十一月、伊牟田尚平《いむだしょうへい》と相携えて鹿児島に至り、自著の『尊攘英断録』および真木保臣《まきやすおみ》の『天佑説《てんゆうせつ》』などを島津久光《しまづひさみつ》らに上《たてまつ》ろうとした時の述懐である。せっかく鹿児島にたどりついた国臣らは、大目付の計らいで旅館に監禁同様の目にあわされ、外出や他人との会談の自由は奪われた。回天の秘策を胸中に蓄えながら、快々《おうおう》として楽しまず、硫煙立ちのぼる島の火山を眺めて、この一首に悶を遣《や》ったのである。格調高く、朗々誦すべし。

八〇　佐久間象山（さくまぞうざん）

梓弓《あづさゆみ》真弓《まゆみ》槻弓《つきゆみ》さはにあれどこの筒弓《つつゆみ》に如《し》く弓《ゆみ》あらめや

象山《ぞうざん》は信州松代《まつしろ》藩士。つとに西洋の書を学び、海防を策し、銃砲を鋳る。元治元年七月、京都にて暗殺せらる、年五十四。明治二十二年正四位を贈らる。この歌「詠銃砲」と題す。わが国には古来梓弓《あずさゆみ》あり、真弓《まゆみ》あり、槻弓《つきゆみ》あり、その他いろいろあるけれども、時勢は移り、兵法《ひょうほう》も変った今日《こんにち》、自分が熱心に研究して鋳造を試みている大砲にまさるものあらんや、旧式の考えを固持せる武士ども、速かに覚醒せよ。筒弓《つつゆみ》とは面白い造語である。象山三十八歳の時、藩命を奉じ、蘭人ペウセルの書によって三斤戦砲一門その他五門を鋳造し、松代の郊外で試射したが、これが邦人の洋式造砲の嚆矢《こうし》という。

八一　久坂玄瑞（くさかげんずい）

執《と》り佩《は》ける太刀《たち》の光《ひかり》はもののふの常《つね》に見《み》れどもいやめづらしも

玄瑞《げんずい》、通称義助《よしすけ》、長州萩《はぎ》の人。吉田松陰《よしだしょういん》門下の秀才。元治元年七月禁門の変に戦死す、年二十五。明治二十四年正四位を贈らる。和歌にも秀で、家集を江《こう》月斎遺集《げっさいいしゅう》という。「いやめづらしも」いよいよめでたく新《あらた》であるの意。維新志士に刀剣の詠多けれども、前掲の是枝柳右衛門《これえだりゅうえもん》の歌や、この玄瑞の一首などが抜群である。玄瑞は、刀の切れ味というようなことを表面に翳《かざ》さずに、自分の心持、武士の魂なる刀剣に対する自分の愛着心・尊敬心をおおらかに、気品高く歌い挙げたところが佳《よ》い。

八三　真木保臣（まきやすおみ）

一《ひと》すぢに思《おも》ひいる矢《や》の誠《まこと》こそ子《こ》にも孫《まご》にも貫《つらぬ》きにけれ

真木《まき》和泉守保臣《いずみのかみやすおみ》は世々《せぜ》筑後久留米《くるめ》の水天宮神官。禁門の変の時、山崎天王山にて割腹す、年五十二。明治二十四年正四位を贈らる。歌は同郷の忠臣菊池《きくち》武《たけ》時《とき》を詠じたもの。前掲武時の歌「もののふの上矢《うはや》の鏑《かぶら》ひとすぢにおもふ心は神ぞ知るらむ」を保臣は心に置き、武時忠誠の一念は神明も享《う》け給い、子にも孫にも貫きとおし、一門から数多《あまた》の忠義な人々を出した、と讃美したのである。武時の子に武重《たけしげ》、武敏《たけとし》、武光《たけみつ》などあり、武光の子に武政《たけまさ》あり、その子に武朝《たけとも》あり、いずれ劣らぬ忠臣であった。そうして、同国の後輩保臣にもまた、菊池氏の至誠が貫いたと言える。

八三　武市半平太（たけちはんぺいた）

年月《としつき》は改《あらた》まれども世《よ》の中《なか》のあらたまらぬぞ悲《かな》しかりける

半平太《はんぺいた》は土佐藩士。慶応三年五月、獄中にて死を賜う、年三十七。この歌は元治元年の元旦の作である。かように新年が来り、月日の暦は新しくなるけれども、世間は一向に改まらない、旧態依然であると、半平太は慷慨した。大勢は維新の機運に向いつつあるようだけれども国論なお一致せず、尊皇攘夷論もあれば、公武一体説も行われる。去年（文久三年）は天誅組《てんちゆうぐみ》も生野《いくの》義挙《ぎきよ》も敗れ、多くの義士が失われた。世間は容易に改まるものでないと、鉄石心の半平太もつくづく憂鬱になった。

八四　野村望東尼（のむらぼうとうに）

誰《た》が身《み》にもありとは知《し》らでまどふめり神《かみ》のかたみの大和魂《やまとだましい》

　福岡藩士浦野《うらの》勝幸《かつゆき》の第三女もと子、同藩の野村貞貫《のむらさだつら》に嫁す。五十四歳にして夫と死別し、薙髪《ちはつ》して望東尼《ぼうとうに》と称す。爾来志士と交り国事に奔走し、慶応元年十一月姫島《ひめしま》に流さる。のち救い出され、同三年十一月三田尻《みたじり》に病歿す、年六十二。大隈言道《おおくまことみち》を師として和歌にすぐれ、徳川《とくがわ》時代女流の第一人者。家集を向《こう》陵集《りょうしゅう》という。明治二十四年正五位を贈らる。日本人である以上は何人もその身に大和魂《やまとだましい》を持って生れているのである。大和魂は神の「かたみ」なるがゆえに、神国の民は皆それを持っている。この明白な事実を認識せずして、世間の人々は迷い、当然の道を踏み違えたりするものらしい。「かたみ」は、この歌では「形身」でなく「片身」すなわち半身の意と解すべきであろう。

八五　遊君桜木（ゆうくんさくらぎ）

露《つゆ》をだにいとふ大和《やまと》の女郎花《おみなへし》ふるあめりかに袖《そで》はぬらさじ

振気篇《しんきへん》に「桜木《さくらぎ》ハ江戸吉原ノ娼妓ナリ。安政ノ間墨夷《ぼくい》某コレヲ聘《へい》ス、斥《しりぞ》ケテ応ゼズ、夷望ヲ欠キ、執政某ニ語ル、執政某夷ノ意ヲ重ンジ、コレヲ其主ニ属ス。桜木固ク聴カズ、国風ヲ詠ジ、ソノ意ヲ述ブ」と詞書《ことばがき》あり。殉難続草《じゅんなんぞくそう》には作者を「遊君花扇《ゆうくんかせん》」とし、彼女は横浜の傾城《けいせい》にて、文久二年五月二十三日自刃すと書いている。また、是枝柳右衛門《これえだりゅうえもん》の手記には、下関の遊女「十六夜《いざよい》」のことと書いている。「女郎花《おみなえし》」とは娼婦のことでなく、一般婦人の意である。「ふるあめりか」とあるから、無理を言った客は亜米利加《あめりか》人にちがいない。女ながらに、娼婦ながらに、毅然としている。

八六　岩倉具視（いわくらともみ）

ふるばかり亜米利加船《あめりかぶね》の寄《よ》せば寄《よ》せ三笠《みかさ》の山《やま》の神《かみ》いますなり

身は公卿《くげ》の貴きに生まれて、志士らと共に艱難《かんなん》を嘗《な》め、ついに明治維新の元勲となった岩倉《いわくら》・三条《さんじよう》両公の愛国歌を挙げよう。両公ともに和歌を好み、立派な家集を遺している。「ふるばかり」の歌『岩倉贈太政大臣集』に出《い》で、「嘉永七年のころ異船のことを」と詞書《ことばがき》あり。一首は亜米利加《あめりか》を「雨りか」ともじり、雨の縁語の「笠」であやなしている。降る雨ほどしげく亜米利加の艦船が寄せ来るならば寄せ来てみよ、何の恐れることがあるか、わが国には雨を避け防ぐ笠の名を持ち給う三笠山の神がましますぞ。かように外患を諧謔で茶化したところに、剛胆なる岩倉公の片鱗が窺われて面白い。三笠山の神、すなわち春日《かすが》の神は藤原《ふじわら》氏の氏神であり、そうして岩倉家も藤原氏である。

八七　三条実美（さんじょうさねとみ）

大君《おほきみ》はいかにいますと仰《あふ》ぎみれば高天《たかま》の原《はら》ぞ霞《かすみ》こめたる

　公の家集『梨《なし》のかた枝《え》』に出《い》で、元治元年正月九日周防《すおう》山口にて、二十八歳作。文久三年八月中旬、天誅組《てんちゆうぐみ》挙兵の直後、孝明天皇の大和《やまと》行幸の儀は御取り止めになり、廟議《びょうぎ》は翻えされて、攘夷党への大打撃となった。実美《さねとみ》ら七卿は長州へ奔《はし》った。「大君《おおきみ》はいかにいますと」参朝を禁ぜられ遠国《おんごく》へ奔ったのだから、勅勘同様の身の上、今日この新春を寿《ことほ》ぎ奉る心持は、憂国の念と交《まじ》って複雑である。天子いかにおはしますかと仰ぎ奉れば、「高天《たかま》の原《はら》ぞ霞こめたる」天上はうらうらと春霞が棚曳《たなび》いている。神代《かみよ》ながらの春の景色である。ああ忝《かたじけな》し、皇室の御将来は、必ずや、雲錦《うんきん》なびく春天の如く、嘉佑《かゆう》無限にましますべし。○高天の原は皇祖神の鎮まり給う天界、皇室発祥の聖域、この歌では、現《あき》御神《つみかみ》なる天子もそこにおわしますものと観じたのである。この歌の荘厳無比なることはいうまでもないが、同時に、忠君の至誠が天地に磅礴《ほうはく》しているのを覚える。

八八　佐佐木弘綱（ささきひろつな）

橿原《かしはら》のひじりの御代《みよ》のいにしへの跡《あと》を覓《と》めても来《き》たる春《はる》かな

弘綱《ひろつな》は伊勢国石薬師《いしやくし》村に生まれ、明治二十四年六月東京に歿す、年六十四。国学者にして歌人。家を竹柏園《ちくはくえん》という。この歌「明治元年戊辰《ぼしん》之日大政復古をよろこぼひて」と詞書《ことばがき》あり。維新の鴻業《こうぎょう》ついに成り、皇政復古して、御代《みよ》は明治となった。この歴史的の年の「新春」をば弘綱は「擬人」して、「橿原《かしはら》のひじりの御代《みよ》」の跡を求め辿って来たものと感じたのである。「橿原のひじりの御代」という詞は万葉集の柿本人麻呂《かきのもとのひとまろ》の長歌に出《い》で、神武天皇の御宇《ぎょう》を申し上げたものなること、いうまでもない。幕末志士は初めに建武中興を目標とし、のちには、神武天皇御創業を理想として活動するに至った。

八九　玉松操（たままつみさお）

えみしらが息吹《いぶき》に曇《くも》る月《つき》みればみやこの秋《あき》の心地《ここち》こそせね

操《みさお》は京都の人。もと僧なりしが、還俗《げんぞく》して勤皇に励み、岩倉具視《いわくらともみ》の下《もと》に参じて、維新大業に献策するところ多し。明治二年、不平を抱いて官を去り、同五年二月歿す、年六十三。この歌、「外国公使の専横をうれたみて」と詞書《ことばがき》あり。欧米に遠慮し、これを崇拝する傾向の萌《きざ》しつゝあった明治初年の風潮に対し、奇士玉松操《たままつ》は慨嘆に堪えなかったのだ。文久・慶応の間京都守護職にあった松《まつ》平容保《だいらかたもり》が「えみしらも見よや曇らぬ日《ひ》の本《もと》の都大路の秋の夜の月」と詠じたのに対比すると、皮肉な感じがしないでもない。

九〇　江藤新平（えとうしんぺい）

ますらをの涙《なみだ》を袖《そで》にしぼりつつ迷《まよ》う心《こころ》はただ君《きみ》のため

新平《しんぺい》は佐賀の人、参議・司法卿に任ず。明治七年二月乱を起し、四月刑死したるも、憂国の士たるを失わず。年四十一。右の歌は辞世である。涙に袖を絞るなどは、江藤《えとう》新平として女々《めめ》しく聞えるかも知れぬが、実はそうでない。大丈夫といえども、悲憤慷慨し、あるいは痛嘆悲愁する時は、涙をふるう。「五臓六腑を揉む涙」と近松《ちかまつ》の浄瑠璃にある、さようの涙である。

九一　西郷隆盛（さいごうたかもり）

上衣《うはぎぬ》はさもあらばあれ敷島《しきしま》のやまと錦《にしき》は心《こころ》にぞ着《き》る

「身にはぼろを纏《まと》い、心に錦を飾る」とは古今東西の格言にあり、むしろ陳腐な思想で、わざわざ詩歌にするほどの価値内容を持たぬと批評する人間が多いかも知れぬ。一応その通りだけれども、熟慮すると必ずしもそうでない。「文は人なり」という。ぼろをさげても心は錦と大南洲《だいなんしゅう》が言った時には、口さきばかりでなく、実行であり、真実なるがゆえに、古来の繰《く》り言《ごと》も陳套《ちんとう》でなくなり、霊活《れいかつ》して来るのである。生き生きとして新しくなるのである。

九二　勝安芳（かつやすよし）

国守《くにまも》る大臣《おとど》は知《し》るや知《し》らざらむ民《たみ》のかまどのほそき煙《けぶり》を

勝安房守《かつあわのかみ》は江戸の人、旧幕臣。明治三十二年一月薨《こう》ず、年七十七。国家を守護する重責を担っているはずの大臣らよ、貴公らは承知しているのか、たぶん承知していないのだろう、民のかまどから立ち騰《のぼ》る炊煙がほそぼそとして哀れなるありさまなのを。そんなことで、上の御信任に副《そ》うと思えるか。古《いにしえ》の聖天子は、宮殿やぶれて雨の漏るのも厭《いと》い給わず、「民のかまどの賑《にぎわ》い」をみそなわして喜び給うたと拝承する。その古と、貴公らの政治ぶりとを比べて、慚愧《ざんき》恐懼《きょうく》の至りとは思わぬか。○かように勝安芳《やすよし》はきめつけた。当時の大臣らは、耳が痛かったであろう。そうして、勝安芳の当時のみに限らず、いつの世の為政者もこの一首に猛省せねばなるまい。

九三　海上胤平（うなかみたねひら）

うとかりし老《おい》の耳《みみ》にもこのごろの軍《いくさ》がたりは聴《き》きももらさず

胤平《たねひら》は下総の人にして、賀茂真淵《かものまぶち》系統の歌人、大正五年四月歿す、年八十八。号を椎園《すいえん》という。この歌は日清戦争当時の感慨であるらしい。「うとかりし老《おい》の耳」遠くなった老人の耳、すなわち、平生の人の話などは這入《はい》りにくくなった老人（作者自身のこと）の耳にも、昨今の戦争話は聴きもらすどころでない。何から何まで、貪るように聴き取る。○明治維新以来の歴史的壮挙なるこの戦争は、いうまでもなく全国民の血を沸かせた。その昂奮を、頽齢の一閑人までが、若者たちと同様に感じているところに、この歌の愛国性がある。

九四　与謝野寛（よさのひろし）

都鳥《みやこどり》みやこのことは見《み》て知《し》らむわれには告《つ》げよ国《くに》の行末《ゆくすゑ》

寛《ひろし》、鉄幹子《てつかんし》と号す。京都の人、明治和歌革新の急先鋒。昭和十年三月歿す、年六十三。この歌、明治二十九年刊の鉄幹子著『東西南北』に出《い》で、「隅田川にて」と詞書《ことばがき》あるのみで作年は不明だが、たぶん日清戦争前後の作と想像する。もし同戦役以前ならば「鶏林の風雲漸《ようや》く急である。これに対し国家はいかなる方針を決定するつもりであるか」と憂慮したのであり、戦後ならば「三国干渉によって遼東半島も還附した。国家の将来は一層多事になる。どうなって行くことか」と焦心したのである。隅田川に棲む都鳥《みやこどり》に業平《なりひら》は「吾《わ》が思ふ人はありやなしや」と言問《こと》うたが、同じく歌を詠む人間（鉄幹子自身のこと）でも、自分はそんなことは尋ねない、国家の将来が訊きたいのだ、といささか気を負った詠みぶりである。当時とかくの評はあったとしても与謝野《よさの》鉄幹は、歌人としてよりも国士をもって任じていたのであった。

九五　福本日南（ふくもとにちなん）

思《おも》ひきや日《ひ》の入《い》る国《くに》のはてに来《き》て昇《のぼ》る朝日《あさひ》の景《かげ》を見《み》むとは

日南《にちなん》、名は誠《まこと》、福岡藩士。日本新聞記者、のちに九州日報社長となる。大正十年九月歿す、年六十五。この歌は日南が明治三十一、二年のころ外遊し、たまたまグラスゴーにて帝国軍艦朝日《あさひ》の進水式を観た時の感想である。日出の国から日没の国に来て、図らざりき朝日の昇るを見んとは、「朝日」の名に負う故国軍艦の進水を観んとは。かように日南は感激したのであった。（軍艦朝日は日露戦役にわが主力艦の一つとして活動した）

九六　八田岩馬（はったいわま）

名《な》のために佩《は》けるにはあらじ我《わ》が太刀《たち》はただ大君《おほきみ》の勅《ちよく》のまにまに

この歌は『山桜集《やまざくらしゅう》』に出《い》ず。山桜集は明治三十八年二月岩崎鏡川《いわさききょうせん》という人の編著にかかり、日露戦争関係の詩歌、俳句などを蒐《あつ》めたものである。八田岩馬《はったいわま》は歩兵伍長であったが、「出征のおり人々の功名せよと励ましすすむるに答へて、洋燈《ランプ》の笠に書きつけたる」歌が、すなわち右の一首。八田伍長の覚悟はじつに立派ではないか。護国の剣は名誉心のために揮《ふる》うのでないぞ、と喝破したのである。名誉になろうとなるまいと、手柄になろうとなるまいと、それは関するところでない。ただ、大君《おおきみ》の仰せに従ってこの剣を使用することあるのみ。八田伍長はこう信念した。そうして、その歌をランプの笠に書き留めたのも、送別会の実況が眼に見えるようだ。たぶん、うす暗い、狭い室《へや》で、四五人の親友だけが集まったのであったろう。伍長の質素な生活さえ想像できる。ランプの笠へ一首、如意輪堂《にょいりんどう》の壁と好一対《こういっつい》。

九七　梶村文夫（かじむらふみお）

名《な》も初瀬《はつせ》いくさもこれが初《はじ》めなりおくれは取《と》らじ国《くに》のみために

『山桜集』に出《い》ず。文夫《ふみお》は海軍少尉候補生として日露役に出征し、旅順港第一回攻撃の際戦死す、年二十四。福岡県士族であった。わが乗り組める軍艦の名も「初瀬《はつせ》」であり、わが出征もこれが初陣《ういじん》である。軍艦の名に誓っても初陣の名誉にかけても、なんで敵におくれを取るものか、わが帝国のおんために。かように決意した若武者は、念願どおり、最初の戦争に戦死を遂げた。重傷を負い、「睾丸を持って来い」と叫びつつ絶命したという。初瀬は大和国《やまとのくに》の名所で、桜花に名高い。初瀬山の春を詠じた歌は平安朝以来多数に上《のぼ》る。それで、梶村《かじむら》候補生の乗組艦が「初瀬」であったことは、桜花の如く潔く散るという前兆であったかも知れない。颯爽たる若武者よ、君はじつに死所を得た。私の近親に退役海軍大佐松岡雄《まつおかゆう》氏がある。松岡氏も日露戦争に出征し、梶村候補生の戦友であったが、氏の話に、「梶村は美少年であって、柔道が強かった。海軍士官の剣は御承知の如く極めて短いものだが、出征の梶村は普通のよりもよほど長い剣を吊っていた。それは厳父がとくにそう作らせて贈って来たものという。名も初瀬の歌は戦死後、梶村の机の抽匣《ひきだし》から発見したもので、紙片に鉛筆で書いてあった」。山桜集を検《けみ》するに、陸軍歩兵中尉土方清《ひじかたきよし》という人が「弟梶村文夫が旅順港外に勇ましき戦死を遂げたるよし聞きて」と詞書《ことばがき》して、一首の歌を手向《たむ》けている。してみると、兄弟海陸に戦い、二人ともに花も実もある武士《もののふ》なりしことが知られる。

九六　庄司祐亮（しょうじゆうすけ）

しののめの空《そら》くれなゐに昇《のぼ》る日《ひ》は八《や》咫《た》の鏡《かがみ》の光《ひかり》なりけり

これも『山桜集』に出《い》ず。祐亮《ゆうすけ》は陸軍一等看護長であった。「神武天皇祭の日旭日《きょくじつ》を拝して」と詞書《ことばがき》あり、日露の陸戦は明治三十七年五月の鴨緑江《おうりょくこう》戦に始まったのだから、神武天皇祭の日の詠とすれば、翌三十八年のことで、たぶん満洲大平野にての作であろう。さらぬだに感慨深きこの大祭日を、海外の戦場にて迎えた作者は、煌々《こうこう》たる旭日を拝しつつ、東方の故国を偲《しの》び、三種の神器の一なる八咫鏡《やたかがみ》を連想した。境涯と歌と完全に一致して錚々《そうそう》の響《ひびき》をなす。

九九　高崎正風（たかさきまさかぜ）

御涙《みなみだ》をのみて宣《の》らししみことのり貫《つらぬ》きとほせいのち死《し》ぬとも

正風《まさかぜ》は旧鹿児島藩士。若くして歌を八田知紀《はったとものり》に学び、また国事に奔走す。明治二十一年以来御歌所長《おうたどころのちょう》たりしが、同四十五年二月薨《こう》ず、年七十七。この歌はかつて斎藤茂吉《さいとうもきち》氏が賞揚したので、私は思い出して、ここに採った。『今古和歌』という書に載せ、「小村寿太郎《こむらじゆたろう》講和委員として新橋駅を発する時、正風、名刺の裏にこの一首を書いて渡す」という意味の説明が付けてある。畏《おそ》れ多くも、明治天皇が「御涙《みなみだ》をのみて」仰せ給いしその勅語、必ずその御主旨に副《そ》い奉ってわが国の主張を貫徹せよと、正風は寿太郎を激励したのであった。

一〇〇　乃木希典（のぎまれすけ）

うつし世《よ》を神去《かむさ》りましし大君《おほきみ》のみあとしたひて我《われ》は行《ゆ》くなり

乃木《のぎ》将軍の伝は述べるまでもあるまい。また右の歌は自刃の際の辞世なることも知らぬ者はない。歌の意味もまた、蛇足を加えずして天日の如く明らかだ。否、未熟の散文に訳することが、この歌を冒瀆する懼《おそ》れさえある。

愛国歌概説

およそ和歌発生以来、いつの時代にも愛国歌は作られたに相違ない。国民に愛国心の儼存《げんそん》する以上、事に即《つ》き折に触れてさようの歌が詠まれるのは当然だ。しかしながら、古今を通観して、愛国歌の質量ともに最も著明なるは、左《さ》に列挙する五つの時代と愚考する。左の各時代において、愛国歌は集団的に現われたのであった。

一、万葉集時代
二、吉野朝時代
三、幕末時代
四、日清日露両戦役時代
五、支那事変下の現在

これらの時代以外にあっても、例えば承久役や蒙古来の時などにも愛国的の和歌が詠まれたが、残念なことにはその量ははなはだ乏しかった。また、元禄国学復興以来、多くの学者や歌人によって愛国の歌が作られたけれども、それは百数十年の間にわたって、ぽつぽつと現われたもので、集団を成すというほど著明ではなかった。

万葉集には、神国の信念や皇室尊崇の大義をば宗教的情熱をもって叫び挙げた歌（長歌ならびに短歌）がすこぶる多い。作者としては柿本人麻呂《かきのもとのひとまろ》および大伴家持《おおとものやかもち》がその雄なる者である。防人《さきもり》の作った歌にも不朽の愛国歌数首あるけれども、大部分は父母や妻女との別れを悲しんだ悲傷のものに属する。

○

吉野朝廷の君臣によって遺された愛国歌は、環境の所産として、おのずから悲痛な、憂国慨世のもの多く、（これらを私は悲歌と仮りに呼ぶ）万葉の雄大にして積極的なものとはおおむね趣《おもむき》を異《こと》にする。新葉集・李花集・増鏡・太平記・吉野拾遺その他約三十種の文献を漁《すなど》るならば四百首ほどの悲歌を発見するであろう。

主要作者としては、上に、後醍醐天皇・後村上天皇・長慶天皇・新待賢門院《しんたいけんもんいん》・嘉喜門院《かきもんいん》・尊良《たかよし》親王・宗良《むねなが》親王・仁誉《にんよ》法親王などおわしまし、臣下には花山院師賢《かざんいんもろかた》・万里小路藤房《までのこうじふじふさ》・北畠親房《きたばたけちかふさ》・洞院公泰《とういんきんやす》・大僧正頼意《らいい》・藤原師兼《ふじわらのもろかね》・源頼武《みなもとのよりたけ》・二条為忠《にじょうためただ》・花山院長親《かざんいんながちか》などを数える。

○

幕末維新の鴻業《こうぎょう》に粉骨砕身した数多《あまた》の志士によって、たくさんの愛国歌が遺された。大部分は素人の歌であるけれども、異常の境遇に触発したものであるのと、その時代が現在の時代に近いのとで、一般国民の関心を強く牽《ひ》く。それらの歌は文久以降明治初年に至る間に三十余種（歎涕和歌集・殉難前草・殉難後草・興風集・振気篇等々）の歌集となって現われ、その後も主要なる幾人《いくたり》かの志士の各々の全集に収められなどして、数量は総計三千首を超えるかと思う。

作者は武士・町人・農民・学者・医者・神官・僧侶・画工・歌人等々あらゆる階級職業にわたり、作風は万葉の古躰《こたい》・新古今の近風《きんぷう》・ないし口語歌類似のものまで含み、変化に富む。もとより稚拙生硬《ちせつせいこう》の歌も少なくはないけれども、それがかえって魅力となり迫力となる場合が多い。

最も主要の作者としては吉田松陰《よしだしょういん》・佐久良東雄《さくらあずまお》・是枝柳右衛門《これえだりゅうえもん》・伴林光平《ともばやしみつひら》・平野国臣《ひらのくにおみ》・佐久間象山《さくまぞうざん》・久坂玄瑞《くさかげんずい》・真木保臣《まきやすおみ》・野村望東尼《のむらぼうとうに》などを挙げねばならぬと思う。

次いで藤田幽谷《ふじたゆうこく》・村田清風《むらたせいふう》・頼三樹三郎《らいみきさぶろう》・僧月照《そうげつしょう》・児島草臣《こじまそうしん》・草臣母《そうしんのはは》・清河《きよかわ》八郎《はちろう》・藤本鉄石《ふじもとてっせき》・松本謙三郎《まつもとけんざぶろう》・吉村寅太郎《よしむらとらたろう》・田中河内介《たなかかわちのすけ》・武市半平太《たけちはんぺいた》・松尾《まつお》多《た》勢子《せこ》・大橋巻子《おおはしまきこ》等々なお枚挙に遑《いとま》なしというありさまである。

「志士」とはいえないが、「公卿《くげ》」にして忠誠を致した作者のすぐれたものに、三条西季知《さんじょうにしすえとも》・三条実美《さんじょうさねとみ》・岩倉具視《いわくらともみ》などを数えねばならぬ。諸侯の中にも数人いる。

○

大観するに、万葉においては「神」の観念が高揚せられている。吉野朝にあっては「治まらぬ世」に対する悲哀が述懐されている。幕末に至っては尊皇・攘夷・斥覇《せきは》を標語として、悲憤し、殺気立っている。万葉は高古素朴の表現をなし、吉野朝は二条流の繊巧優雅なる言葉を用い、幕末は往々にして血腥《ちなまぐさ》い唾を飛ばしている。愛国の精神に差異はないけれども、歌となっての表われ方が違うのは、すなわち各々の時代の反映に外《ほか》ならぬ。

○

明治以降の歌に対しては、資料の多きに煩わされ、私の研究はいまだ結論に到達していない。しかしながら、これだけのことは今日《こんにち》でも言い得ると思う。すなわち、日清日露の両戦役、ことに日露戦争において、軍司令官から兵士に至るまで、身分の上下こそあれ、ひとしく立派な愛国歌を遺したという事実。それから、現下支那事変においては、銃後もそうだけれども、とくに出征の将兵の間に、和歌史上未曾有の現実的態度および表現をもって夥《おびただ》しく多量の戦争短歌が詠まれつつある事実。（ただし、戦争短歌即愛国歌ではない）

明治天皇御集の中に、国家を憂え国民を愛し給う御製《ぎよせい》を拝することは、申し上げるまでもない。日清日露二大戦役が、御製の背後に控えている。

以上は文字通りの「概説」で、省略し過ぎたかと思うけれども、これだけのことでも知っておいて戴くと、この百人一首を読む場合の便宜となり、感興を深めるゆえんにもなろうかと考える。

後記

古今の愛国歌を百人一首に纏《まと》めてくれとキング編輯局《へんしゅうきょく》からの依頼であったが、引き受けたものの、容易の仕事ではなかった。百人に限定することがむろん困難な次第で、多くの愛国者や愛国歌を漏らしたのは已《や》むを得ない。乞諒《りょうをこう》。

歴朝主上の御製《ぎょせい》および皇族の御方々の御歌《みうた》は、倉《そう》卒《そつ》の間に拝抄するは畏《おそ》れ多く思ったので、それは他日機会を与えられた場合に、あらためて謹抄させていただくことにした。それから、大正、昭和の現代まで範囲を広めると、とうてい選が間に合わないので、日清、日露両役関係の歌をもって最尾とした。

川田順〈かわだ・じゅん〉歌人、実業家。一八八二年（明治15）東京・浅草に生まれる。父は漢学者・川田甕江。一九〇七年（明治40）東京帝国大学法科を卒業し、住友総本社に入社。三六年（昭和11）に筆頭重役で引退するまで実業界にあり、その間、歌人としても「新古今集」の研究家としても活躍。戦後は皇太子の作歌指導や歌会始選者を務めた。六六年（昭和41）没す、寿八十四。歌集に『伎芸天』『山海経』『鷲』『国初聖蹟歌』『東帰』、研究書に『利玄と憲吉』『吉野朝の悲歌』『幕末愛国歌』『戦国時代和歌集』など。

川田順 著

愛《あい》国《こく》百《ひゃく》人《にん》一《いっ》首《しゅ》

二〇二四年三月三十一日初版

発行 土曜社

東京都江東区東雲一―一―六―九一

底本 大日本雄弁会講談社版（一九四一）

本　は　土　曜　社

西暦	著　　者	書　　名	本　体
1991	岡崎久彦	繁栄と衰退と	1,850
2001	ボーデイン	キッチン・コンフィデンシャル	1,850
2002	ボーデイン	クックズ・ツアー	1,850
2012	アルタ・タバカ	リガ案内	1,991
	坂口恭平	*Practice for a Revolution*	1,500
	ソロスほか	混乱の本質	952
	坂口恭平	*Build Your Own Independent Nation*	1,100
2013	黒田東彦ほか	世界は考える	1,900
	ブレマーほか	新アジア地政学	1,700
2014	安倍晋三ほか	世界論	1,199
	坂口恭平	坂口恭平のぼうけん　一	952
	meme（ミーム）	３着の日記	1,870
2015	ソロスほか	秩序の喪失	1,850
	坂口恭平	新しい花	1,500
2016	ソロスほか	安定とその敵	952
2019	川﨑智子・鶴崎いづみ	整体対話読本　ある	1,850
2020	アオとゲン	クマと恐竜（坂口恭平製作）	1,500
2021	川﨑智子	整体覚書　道順	895
	川﨑智子・鶴崎いづみ	体操をつくる	1,700
	増田悦佐	クルマ社会・七つの大罪	2,998
2022	川﨑・鶴崎・江頭	整体対話読本　お金の話	1,850
	川﨑智子	整体覚書　道程	895
2023	鶴崎いづみ	私のアルバイト放浪記	1,998
	川﨑智子	整体対話読本　こどもと整体	1,998
2024	川﨑智子	整体覚書　道理	近刊
年二回	ツバメノート	Ａ４手帳	1,399

本　の　土　曜　社

西暦	著　者	書　名	本　体
1923	マヤコフスキー	声のために（ファクシミリ版）	2,850
	マヤコフスキー	これについて	952
1924	マヤコフスキー	ヴラジーミル・イリイチ・レーニン	952
1925	頭　山　満	大西郷遺訓	795
1927	マヤコフスキー	とてもいい！	952
1928	マヤコフスキー	南　京　虫	952
	マヤコフスキー	私　自　身	952
1929	マヤコフスキー	風　　呂	952
1930	永瀬牙之輔	す　し　通	999
	福沢桃介	財界人物我観	1,998
1932	二木謙三	完全営養と玄米食	999
1936	ロ　ル　カ	ロルカ詩集	2,000
1939	モーロワ	私の生活技術	999
	大川周明	日本二千六百年史	952
1941	川　田　順	愛国百人一首	1,998
1942	大川周明	米英東亜侵略史	795
	二木謙三	健康への道	2,998
1952	坂口安吾	安吾史譚	795
1953	坂口安吾	信　　長	895
1955	坂口安吾	真書太閤記	714
1958	池島信平	雑誌記者	895
1959	トリュフォー	大人は判ってくれない	1,300
1960	ベトガー	熱意は通ず	1,500
1963	プ　ラ　ス	シルヴィア・プラス詩集	2,800
1964	ハスキンス	*Cowboy Kate & Other Stories*	2,381
	ハスキンス	*Cowboy Kate & Other Stories*（原書）	79,800
	ヘミングウェイ	移動祝祭日	999
	神吉晴夫	俺は現役だ	1,998
1965	オリヴァー	ブルースと話し込む	1,850
1967	海音寺潮五郎	日本の名匠	795
1968	岡潔・林房雄	心の対話	1,998
1969	岡潔・司馬遼太郎	萌え騰るもの	595
	岡　　潔	日本民族の危機	1,998
	オリヴァー	ブルースの歴史	5,980
1971	シフマン	黒人ばかりのアポロ劇場	1,998
1972	ハスキンス	*Haskins Posters*（原書）	39,800

土　曜　社　の　本

西暦	著　者	書　名	本 体
1713	貝原益軒	養 生 訓	895
1791	フランクリン	フランクリン自伝	1,850
1812	水野南北	修 身 録	1,399
1815	酒井抱一	光琳百図（全四巻）	各1,500
1834	二宮尊徳	三才報徳金毛録	999
1856	富田高慶	報 徳 記	2,998
1884	福住正兄	二宮翁夜話	2,998
1886	ランボオ	イリュミナシオン	2,200
1894	渋沢栄一	雨 夜 譚（あまよがたり）	895
1896	富田高慶	報 徳 論	999
1897	勝 海 舟	氷川清話	895
1900	福住正兄	二宮翁道歌解	999
1903	二宮尊親	報徳分度論	999
1904	岡倉天心	日本の目覚め	714
1906	岡倉天心	茶 の 本	595
1911	柳田國男	名字の話	595
1914	マヤコフスキー	悲劇ヴラジーミル・マヤコフスキー	952
1915	マヤコフスキー	ズボンをはいた雲	952
1916	マヤコフスキー	背骨のフルート	952
	マヤコフスキー	戦争と世界	952
1917	マヤコフスキー	人　間	952
	マヤコフスキー	ミステリヤ・ブッフ	952
1918	アポリネール	アポリネール詩集	2,800
1919	大 杉 栄	獄 中 記（新版）	1,998
1920	マヤコフスキー	一五〇〇〇〇〇〇〇	952
1922	マヤコフスキー	ぼくは愛する	952
	マヤコフスキー	第五インターナショナル	952
	エリオット	荒　地	2,000
	大川周明	復興亜細亜の諸問題（上・下）	各495
1923	大 杉 栄	日本脱出記（新版）	1,998
	大 杉 栄	自 叙 伝（新版）	1,998
	大 杉 栄	大杉栄書簡集	1,850
	伊藤野枝	伊藤野枝の手紙	1,850
	山 川 均ほか	大杉栄追想	952
	大 杉 栄	*My Escapes from Japan*（日本脱出記）	2,350
	頭 山 満	頭山翁清話	1,998